VermisstenFall

VermisstenFall

Jürgen Edelmayer

meinen Kindern Marlena und Thomas gewidmet

Dies ist ein Roman. Namen und Handlung sind frei erfunden. Jede Ähnlichkeit mit tatsächlichen Vorkommnissen und lebenden Personen wäre daher rein zufällig.

Bibliografische Information der Deutschen Nationalbibliothek:
Die Deutsche Nationalbibliothek verzeichnet diese Publikation
in der Deutschen Nationalbiografie; detaillierte bibliografische
Daten sind im Internet über http://dnb.dnb.de/ abrufbar.

© Text und Cover-Foto: Jürgen Edelmayer
Erste Auflage, Mai 2015
Herstellung und Verlag:
BoD – Books on Demand, Norderstedt
ISBN 978-3-7347-7871-1

Teil I

Gesucht: Der Lurch

Kapitel 1

Mein ohnehin viel zu kurzer Schlaf wurde durch penetrantes Telefongeläut rüde unterbrochen. Mit zusammengekniffenen Augen tastete ich nach dem Hörer.

„Ja?", stieß ich knapp und kurz angebunden hervor. Der unverschämte Störenfried sollte ruhig merken, dass mir sein Anruf äußerst ungelegen kam.

„Tim, bist du es?"

Das war unverkennbar Sigrid Beck, Anfang dreißig, dynamische Eigentümerin eines Fotostudios in Taunusstein, wo ich einen Teil meiner Brötchen verdiente. Ich jobbe gelegentlich als Teilkörpermodell. Sigrid hat gewissermaßen meine Knie entdeckt. Wenn sie mich anrief, dann nicht ohne einen guten Grund.

„Sigrid, was ist los? Habe ich einen Termin verpasst? Ich dachte, wir sehen uns erst nächste Woche."

„Nein Tim. Es geht nicht um irgendein Fotoshooting. Ich brauche deine Hilfe."

Das hörte sich gar nicht gut an. Sigrid war eine erfolgreiche Geschäftsfrau, selbstbewusst und gewohnt, auf eigenen Füßen zu stehen. Sie hatte all die Eigenschaften, die mir abgingen:

Zielstrebigkeit, Hartnäckigkeit, Ausdauer. Üblicherweise war ich derjenige, der von uns beiden der Hilfe bedurfte. Und genau hier lag das Problem. Wenn Sigrid mich brauchte, steckte sie 'A' richtig in der Klemme, und ich konnte ihr 'B' meinen Beistand nicht versagen, denn ich schuldete ihr eine ganze Menge.

„Was kann ich für dich tun?", fragte ich, bemüht, möglichst unbeteiligt zu klingen.

„Ich brauche deine detektivischen Fähigkeiten", sagte sie.

Ich schloss die Augen und schickte ein Stoßgebet zum Himmel. Alles, nur das nicht. Die Bilanz meines bisher einzigen Detektivfalls belief sich auf vier tote Menschen und eine Hundeleiche. Nicht zu vergessen, dass ein brutaler Schläger mit einer Eisenstange auf mich eingeschlagen und mir dabei fast die Kniescheibe zertrümmert hatte. Wenn es nach mir ginge, würde ich alles tun, um ein ähnliches Fiasko zu vermeiden.

„Das ist nicht dein Ernst, oder?" Es war ein irrationaler Rettungsversuch. Der Griff nach einem Strohalm, der nie existiert hatte. Durch die Telefonmuschel hörte ich, wie Sigrid tief durchatmete.

„Tim," sagte sie. „Um eins mache ich Mittagspause. Schaffst du es bis dahin nach Taunusstein?"

„Sicher." Eine Antwort, die ich nach meinem Blick auf den Wecker sofort bereute. Es war bereits kurz vor zwölf. Hatte ich wirklich so lange geschlafen? Was soll's, dachte ich. Der Tag war sowieso im Eimer.

„Ich bin spätestens um eins bei dir", sagte ich und legte auf.

Glücklicherweise befand sich die Bushaltestelle nicht weit von meiner Wohnung in der Drudenstraße entfernt. Taunusstein lag nur etwa zehn Kilometer außerhalb von Wiesbaden, und um die Mittagszeit fuhren wegen der Schulkinder häufiger Busse dorthin.

Umgeben vom Lärm dutzender Schreihälse grübelte ich über Sigrids Hilferuf nach. Vor allem fragte ich mich, was sie dazu veranlasst hatte, mich als Privatdetektiv anzuheuern. Ich habe noch nicht einmal eine Lizenz und Sigrids Begeisterung für mein Tätigkeitsgebiet hatte sich bisher durchaus in Grenzen gehalten.

Ich erreichte das in Taunusstein-Hahn gelegene Fotostudio pünktlich zum Beginn von Sigrids Mittagspause.

„Wir fahren am besten zu mir", sagte sie. „Mein Auto steht gleich dort drüben."

Wir überquerten die Straße und stiegen in Sigrids blauen Mini-Cooper. Beim Einsteigen sah ich, wie auf der gegenüberliegenden Straßenseite zwei Männer der dunkelhaarigen attraktiven Fahrerin des Kleinwagens bewundernde Blicke zuwarfen. Die Kerle bewiesen Geschmack.

„Wohnst du immer noch hier in der Gegend?", fragte ich.

Sigrid rückte die Nickelbrille, die so gar nicht zu ihrem übrigen Äußeren passen wollte, zurecht und sagte: „In Bleidenstadt, nur einen Kilometer von hier."

„Da gibt es doch diesen Biomarkt an der Hauptstraße, können wir da kurz anhalten?", fragte ich. „Ich habe noch nicht gefrühstückt."

Sigrid grinste. „Ach so, du hast Angst, bei mir nichts Fleischloses zu essen zu finden. Glaubst du vielleicht, ich habe vergessen, dass du Vegetarier bist?"

„Nun ja ... " Sie hatte mich eindeutig ertappt.

„Und auch keinen Alkohol trinkst?", bohrte sie weiter.

Ein Lieferwagen scherte knapp vor uns ein, was Sigrid dazu bewog, ihre Aufmerksamkeit von mir abzulenken. Wütend drückte sie auf die Hupe.

„Armleuchter!"

Ich sah scheel zu ihr rüber. Normalerweise war sie beim Autofahren beherrschter.

„Was hast du eigentlich für ein Problem?", fragte ich, froh über die Gelegenheit, das Thema zu wechseln. „Warum hast du mich angerufen?"

„Ein Freund von mir ist verschwunden. Ganz plötzlich. Ich glaube, er steckt in Schwierigkeiten."

„Dein Freund?", hakte ich nach. Nicht, dass ich eifersüchtig gewesen wäre. Ich hatte meine Chance bei Sigrid gehabt und sie noch nicht einmal nutzen wollen. Wir zwei zusammen, das passte einfach nicht.

Sigrid verneinte. „Ich bin Single. Das weißt du doch. Stefan ist ein guter alter Freund. Nicht mehr und nicht weniger."

Ich beschloss, vorerst die Klappe zu halten. Gut gemacht, Tim, beglückwünschte ich mich in Gedanken. Wieder einmal keine fünf Minuten bis zum ersten Fettnäpfchen gebraucht. Immerhin war es erst wenige Wochen her, dass ich vor Sigrids Annäherungsversuch Reißaus genommen hatte. Im Grunde konnte sie einem leid tun. Einerseits dermaßen attraktiv, dass sich kaum ein Mann nicht nach ihr umdrehte, andererseits ständig an Typen geratend, die sie nur ausnutzten - wie ich.

Wir hielten auf dem Parkplatz neben dem etwa zehnstöckigen Hochhaus, in dem Sigrids Eigentumswohnung lag. Die Wohnung hatte drei Zimmer und verfügte über ein Tageslichtbad, eine Gästetoilette und eine halbwegs geräumige Küche, alles auf etwas über achtzig Quadratmeter verteilt. Genau die richtige Größe, um sich als Single hin und wieder so richtig einsam zu fühlen.

„Geh schon mal ins Wohnzimmer", sagte Sigrid. „Ich mache uns einen Kaffee."

Keine zehn Minuten später kehrte sie mit einem Tablett zurück. Unter ihrem linken Arm hatte sie ein Fotoalbum geklemmt. „Du hast ein Foto von diesem Stefan?", fragte ich scharfsinnig.

„Nicht bloß eins", erwiderte Sigrid. „Mehrere." Sie griff nach der Kanne und schenkte Kaffee ein. „Hier", sagte sie und reichte mir eins der Bilder.

Ich glotzte wohl eine halbe Minute verständnislos auf das Foto. „Soll er da drauf sein?", fragte ich schließlich. „Wo ist er denn?"

Sigrid nahm mir das Bild aus der Hand und betrachtete es zunächst verblüfft, dann lachte sie auf. „Ach so. Du kannst ihn darauf gar nicht sehen. Er steckt im Pinguinkostüm."

„Sehr witzig", bemerkte ich.

„Ich wollte dir ja auch ein ganz anderes Foto zeigen", sagte Sigrid. „Das hier. Ich habe es selbst aufgenommen."

Ich griff nach Bild Nummer zwei und sah einen Mann Anfang vierzig, also nur wenige Jahre jünger als ich. Er hatte schwarze Haare, die seine Ohren zur Hälfte bedeckten. An den Seiten waren vereinzelt graue Stellen zu sehen. Die dunklen Augen schimmerten fröhlich. Offenbar war Stefan kein Kind von Traurigkeit. Beherrschendes Element seiner Physiognomie war jedoch eindeutig die Nase. Ein beachtlicher Zinken, der hakenförmig über dem breiten Mund hervorragte. Insgesamt eine sehr gute Aufnahme. Sigrid verstand etwas von ihrem Beruf.

„Kann ich das Foto behalten?", fragte ich. Sigrid nickte.

„Natürlich."

„Was ist denn genau passiert?", fragte ich und nippte an meinem Kaffee. „Warum glaubst du, dass dein Freund verschwunden ist? Warum lässt du ihn nicht durch die Polizei suchen und wie heißt dieser Stefan überhaupt mit Nachnamen?"

Sigrid klappte das Album zu und hob abwehrend die Hände. „Langsam, Tim, langsam. Ich werde dir alles der Reihe nach erzählen."

Sie lehnte sich zurück und drehte eine Locke um ihren Zeigefinger. „Vor gut einer Woche tauchte Stefan Rabenacker zum ersten Mal seit langem wieder bei mir auf. Wir kennen uns seit seiner Studentenzeit. Er hat schon damals in Wiesbaden gewohnt und aushilfsweise bei mir gejobbt."

„Wann war das?"

„Vor ungefähr acht Jahren."

Mir kam ein Gedanke. „Sag mal, hat dieser Rabenacker sein Studium jemals abgeschlossen?"

Sigrid hatte gerade von ihrem Kaffee trinken wollen. Sie setzte die Tasse wieder ab und sah mich überrascht an.

„Nein, warum fragst du?"

„Ich will mir nur ein genaues Bild machen", wich ich aus. Was für ein Bild sich da gerade in mir zusammenfügte, behielt ich lieber für mich. Wie ich mittlerweile wusste, war Stefan Rabenacker heute ungefähr vierzig Jahre alt. Demnach hatte er mit zweiunddreißig noch studiert und dieses Studium nicht abgeschlossen. Ob er wohl auch wie ich immer noch immatrikuliert war, ohne in den letzten Jahren einen Hörsaal von innen gesehen zu haben? Jedenfalls war der Kerl anscheinend genauso ein Loser wie ich. Exakt die Sorte Mann, auf die Sigrid ständig hereinfiel, weil sie einen Narren an ihnen gefressen hatte. Ich konnte diesen Rabenacker schon jetzt nicht besonders gut leiden.

„Erzähl weiter", forderte ich sie auf.

„Vor einer Woche also suchte mich Stefan im Fotostudio auf. Ich hatte fast ein Jahr lang nichts von ihm gehört. Er jobbte jetzt in Wiesbaden, bei einer Firma in der Rheinstraße. Stefan wollte sich eine Digitalkamera von mir leihen. Den Grund dafür hat er mir nicht gesagt, aber es schien ihm ungeheuer wichtig zu sein."

„Und dann?"

„Stefan versprach, die Kamera gleich am nächsten Tag zurückzubringen. Das hat er auch getan. Allerdings nicht persönlich."

„Wie dann?", fragte ich. „Etwa mit der Post?"

„Nein. Er hat sie hier im Haus vor meine Wohnungstür gestellt. In einem Karton."

„Ja, und? Das war vielleicht nicht ganz vernünftig von ihm, sondern etwas leichtsinnig, bei dem Wert, den die Kamera vermutlich darstellt, wenn sie aus deiner Ausrüstung stammt. Andererseits ist es aber durchaus noch nachvollziehbar. Rabenacker hat dich eben nicht daheim angetroffen und dir den Apparat dann vor die Tür gestellt."

Ich zuckte die Achseln und trank meine Kaffeetasse leer.

Sigrid schüttelte den Kopf. „Du verstehst nicht, Tim. Ich bin mir sicher, dass Stefan mich gar nicht sehen wollte."

„Wie kommst du darauf?"

Sigrid schenkte uns Kaffee nach. „Weil er genau wusste, dass ich zu der Zeit, als er die Kamera zurückbrachte, nicht zu Hause, sondern im Fotostudio war", sagte sie und setzte die Kanne wieder ab. „Er muss die Kamera am Vormittag zurückgebracht haben. Als ich morgens aus der Wohnung ging, war sie noch nicht da. Ich fand sie erst, als ich zur Mittagspause wieder hierher zurückkehrte."

„Vielleicht hat er den Apparat von hier mitgenommen und wollte ihn deshalb auch hierher zurückbringen", versuchte ich zu erklären, aber Sigrid winkte ab.

„Nein, ich gab ihm die Kamera im Studio." Sie legte ein Kuvert auf den Tisch. „Hier, lies das. Der Brief kam heute Morgen mit der Post. Er dürfte eindeutig beweisen, dass Stefan untergetaucht ist, weil er in Schwierigkeiten steckt."

Ich griff nach dem Umschlag und faltete ein Blatt Papier auseinander. 'Liebe Sigrid', stand da. 'Vielen Dank, für die Kamera. Ich hoffe, du hast sie unversehrt zurückerhalten. Bitte entschuldige, dass ich sie dir nicht persönlich vorbeigebracht habe, aber glaube mir, es ist besser so. Auf mich wurde ein Killer angesetzt. Sein Deckname ist Sugar. Mehr weiß ich nicht von ihm, außer, dass er schon einmal versucht hat, mich umzubringen. Keine Sorge, ich bin absolut sicher, dass er mir nicht zu deiner Wohnung gefolgt ist. Ich haue ab in die Karibik. Leb wohl!'

Ich legte den Brief auf den Tisch und kratzte mich am Kopf. „Wäre schön gewesen, wenn er eine Handynummer angegeben hätte", sagte ich. „Das würde die Sache ungemein erleichtern."

„Ich glaube nicht, dass Stefan ein Mobiltelefon besitzt", entgegnete sie. „Er hat sich immer vor solchen Dingen wie Strahlung und Elektrosmog gefürchtet."

„Hältst du es für wahrscheinlich, dass er sich ins Ausland absetzt?", fragte ich.

Sigrid verneinte energisch. „Niemals. Nicht Stefan. Der hängt so sehr an seinen persönlichen Sachen. Die würde er nie zurücklassen."

„Auch nicht, wenn sein Leben unmittelbar bedroht wäre?", hakte ich nach.

„Auch dann nicht. Außerdem glaube ich nicht, dass er über genug Geld verfügt, um sich in ein anderes Land abzusetzen. Er hatte schon früher ständig finanzielle Probleme. Daran scheint sich bis heute nichts geändert zu haben. Der Job bei dieser Firma in der Rheinstraße war ja auch nur aushilfsweise. Ich bin überzeugt, dass Stefan sich noch irgendwo in Wiesbaden und Umgebung aufhält." Sigrid sah mich an. In ihren Augen schimmerte es feucht. „Bitte, Tim. Du musst ihn finden. Versuch es wenigstens, ich bitte dich!"

Meine Fingernägel bearbeiteten wieder meine Kopfhaut.

„Ich weiß noch nicht recht, wie ich das anstellen soll", zögerte ich. „Wenn das mit dem Killer stimmt, muss ich versuchen, an Rabenacker heranzukommen, ohne dass dieser ominöse Sugar Wind davon bekommt."

Sigrid nickte zustimmend. „Wir müssen auf jeden Fall sehr vorsichtig sein. Ich habe natürlich überlegt, ob es vielleicht besser ist, Stefan sich selbst zu überlassen und darauf zu vertrauen, dass dieser Mörder ihn nicht findet. Aber denk doch nur. Wie lange kann Stefan das durchhalten? Er ist mittellos und hat offenbar keine Freunde außer mir. Wie groß denkst du, sind seine Chancen, sich auf Dauer vor einem Profikiller verstecken zu können? Ich sage dir, jemand muss ihm beistehen. Je eher, desto besser. Ich werde jedenfalls nicht abwarten, bis ich eines Tages das Foto seiner Leiche in der Zeitung sehe! Es tut mir wirklich leid, dich damit hineinzuziehen, Tim, aber ich weiß einfach nicht, wen ich sonst um Hilfe bitten könnte. Ich habe ja auch schon daran gedacht, eine Vermisstenanzeige bei der Polizei aufzugeben, aber das wird wahrscheinlich nicht viel bringen. Ich bin keine Familienangehörige von Stefan. Er hat auch gar keine mehr, soviel ich weiß. Wahrscheinlich würden die Beamten mich gar nicht ernst nehmen und als hysterisches Weib abtun, das seinem Schwarm hinterher läuft."

Unanständigerweise hatte ich gerade etwas Ähnliches gedacht. Ich fixierte meine Kaffeetasse und hoffte, dass Sigrid nicht bemerkte, wie mir das Blut in den Kopf schoss. Es war mir ein Rätsel, warum Sigrid sich für solche Typen wie Rabenacker - ja, gut und auch für mich - aufopferte. Aber so war sie nun einmal. Und ich war ihr eine Menge schuldig. Es war meine verdammte Pflicht ihr zu helfen, so irrsinnig mir das selbst auch vorkommen mochte.

„Also gut", sagte ich schließlich. „So wie ich das sehe, bleibt nur der Weg über seine persönlichen Kontakte. Erzähle mir alles, was du über ihn weißt. Seine Interessen, seine Hobbys, Mitgliedschaften, Aktivitäten, gemeinsame Bekannte, was weiß ich. Leg einfach los. Ich habe mein Diktiergerät dabei."

Sigrid schaute mich verblüfft an. Sicher hatte sie nicht damit gerechnet, dass ich sie so ohne Weiteres unterstützen würde.

„Gut", meinte sie, nachdem sich ihre Überraschung über mein bereitwilliges Engagement gelegt hatte. „Lass mich kurz überlegen. Also, zuletzt hat Stefan, wie gesagt, bei dieser Firma in der Rheinstraße in Wiesbaden gejobbt."

„Weißt du den Firmennamen noch?", unterbrach ich sie.
„Leider nicht. Wirklich zu dumm, dass ich mich nicht mehr daran erinnern kann. Stefan hat dort Auftragslisten geführt, Kundenkarteikarten aktualisiert, allgemeine Büroarbeit eben. Eine feste Stelle hat er wie gesagt nicht. Seine Interessen sind breit gefächert. Er liest gern und geht oft ins Theater. Er ist mehr so ein künstlerischer Typ. Die einzige Naturwissenschaft, für die er sich erwärmen kann, ist Biologie. Da hat er richtig was drauf. Darum hat er bei mir auch den Spitznamen der Lurch."

„Der Lurch?" Meine Kinnlade klappte nach unten.

„Ja", fuhr Sigrid ungerührt fort. „Allerdings bin ich die einzige, die ihn so nennt. Besonders die Evolutionstheorie hat es ihm angetan. Darüber konnte er zumindest früher ganze Vorträge halten."

„Aha", meinte ich. „Weißt du, ob er noch woanders gearbeitet hat? Ich nehme an, der Bürojob allein wird kaum ausgereicht haben. Vielleicht jobbt er inzwischen wieder bei einer anderen Arbeitsstelle."

Sigrid zuckte die Achseln. „Keine Ahnung. Aber da er Gitarre spielt, jongliert und über ein gewisses schauspielerisches Talent verfügt, könnte er heute auch durchaus als Straßenmusiker oder Alleinunterhalter ein wenig Geld verdienen."

„Zu riskant", widersprach ich. „Wenn ihm tatsächlich ein Killer auf den Fersen ist, wird sich Rabenacker nicht in aller Öffentlichkeit als Publikumsmagnet präsentieren."

„Wieso nicht?", meinte Sigrid. „Manchmal ist Offenheit die beste Tarnung." Ich blieb skeptisch und meine Mimik machte aus meinem Zweifel keinen Hehl. Aber es hatte keinen Sinn, jetzt weiter darüber zu diskutieren.

„Was für Freunde hat er?", fragte ich stattdessen.

Sigrid verzog das Gesicht. „Ich habe Stefan in den letzten Jahren doch kaum gesehen. Das hat sicher auch damit zu tun, dass er irgendwann ein plötzliches Interesse für Kornkreise entdeckt hat. Du weißt schon … ", Sigrid konnte mir mein Unverständnis deutlich ansehen, „… diese geometrischen Figuren in Getreidefeldern, die angeblich von UFOs stammen. Er besuchte sogar einen Gesprächskreis. 'Alien Friends' heißt er, glaube ich. Die inserierten früher öfter im Stadtmagazin."

„Früher?", hakte ich nach.

„Die Gruppe hat sich anscheinend aufgelöst. Ich habe die Telefonkontaktnummer noch in einer alten Ausgabe des Magazins gefunden und versucht dort anzurufen. Kein Anschluss unter dieser Nummer."

„Du sagst, dieses Interesse für Außerirdische kam plötzlich?", fragte ich nach. „Was für eine Weltanschauung vertrat er denn vorher?"

Sigrid schüttelte die Kaffeekanne. Sie war fast leer.

„Wegen mir brauchst du keinen mehr zu kochen", sagte ich. „Ich habe genug. Wie lange machst du eigentlich Mittag?"

Sie sah auf die Uhr. „Bis um drei. Wir haben also noch etwas Zeit. Um auf deine Frage zurückzukommen ... " Sie schenkte sich den letzten Rest Kaffee in ihre Tasse, leerte sie in einem Zug und verzog leicht angewidert das Gesicht.

„Früher war Stefan ganz anders drauf. Da machte er einen riesigen Bogen um alles, was nichts mit Politik zu tun hatte. Er trieb sich in marxistischen Zirkeln herum und war in der Antifa-Bewegung aktiv." Sie schlug sich mit der flachen Hand auf die Stirn. „Genau, jetzt fällt es mir wieder ein! Bis vor kurzem hat er noch an einer Biographie über einen alten Widerstandskämpfer der KPD mitgeschrieben. Verflixt! Ich kann mich nicht mehr an den Namen des Co-Autoren erinnern!" Sie raufte sich die Haare. „Nein, nichts zu machen. Aber warte mal. Der Name von dem Widerständler fällt mir bestimmt wieder ein Dasch, Brasche, ... genau, Basche, Rüdiger Basche. So heißt er."

Ich nickte zufrieden und notierte mir den Namen in mein Notizbuch. „Weißt du, wo er wohnt?"

„In Frankfurt, irgendwo in Ginnheim, glaube ich."

„Das finde ich schnell heraus", sagte ich.

„Vorausgesetzt dieser Herr Basche besitzt ein Telefon. Sonst dauert es halt ein wenig länger."

Sigrids Mittagspause ging zu Ende. Sie machte sich bereit, zu ihrem Studio zurückzukehren. Ich wollte mit dem Bus direkt von Bleidenstadt nach Wiesbaden fahren.

Kapitel 2

In meiner Dachwohnung hockte ich mich an den Computer und stöberte in diversen Online-Telefonbüchern herum. Nach wenigen Minuten hatte ich Rüdiger Basches Adresse gefunden. Ich überlegte, ob es sinnvoll war, meinen Besuch telefonisch anzukündigen. Es sprach einiges dafür, zuerst anzurufen, anstatt direkt nach Frankfurt zu fahren. Als Zeitzeuge des Dritten Reiches und aktiver Widerständler war Rüdiger Basche vermutlich über neunzig, wenn nicht sogar hundert Jahre alt. Wie würde ich reagieren, wenn ich ein alter Mann wäre, vor dessen Tür ein kaum halb so junger Mann, den er nicht kannte, unangemeldet auftauchte?

Ich ließ es zehnmal klingeln, um Basche Zeit zu geben, sein Telefon zu erreichen. Bei seinem Alter spielte der Körper wahrscheinlich nicht mehr so gut mit. Nach dem zwölften Piepton meldete sich eine kratzige Stimme.

„Ja?"

„Herr Basche?", fragte ich. „Mein Name ist Strecker. Ich wohne in Wiesbaden und hätte gerne eine Auskunft."

„Ich kaufe nichts. Das habe ich Ihnen schon hundertmal gesagt!"

„Nein, warten Sie, Ich ... ", zu spät. Ein lautes Knacken in der Leitung verriet mir, dass Basche den Hörer auf die Gabel geknallt hatte. Blieb also doch nur Plan B.

Ich fuhr mit der S-Bahn nach Frankfurt, stieg dort um und landete nach einer kleinen Odyssee schließlich im Stadtteil Ginnheim. Rüdiger Basche bewohnte in der Peter-Boehler-

Straße einen mehrgeschossigen Wohnbau im ersten Stock. Ich hatte Glück. Die Haustür war nicht abgeschlossen und Basche offensichtlich zu Hause. Nachdem ich geklingelt hatte, hörte ich hinter der Wohnungstür schlurfende Schritte. Ein Schlüssel wurde zweimal herumgedreht, dann öffnete sich die Tür einen Spalt breit. Eine Türkette verhinderte weiteren Zutritt. Zwei Augen musterten mich misstrauisch. Der stechende Blick gehörte zu einem Paar blaugrauer Augen, die wiederum Bestandteil eines Frauengesichtes waren. Die Person war nur etwas über einsfünfzig hoch, strahlte aber ein großes Maß natürlicher Autorität aus.

„Frau Basche?", fragte ich zögernd.

„Was wollen Sie?" Die Stimme klang resolut.

„Guten Tag, mein Name ist Strecker. Ich möchte ... "

„Wir kaufen nichts!" Die Frau machte Anstalten, die Tür zu schließen.

„Warten Sie, bitte! Ich bin kein Vertreter. Ich suche nur jemand, der an einem Buch über die Lebensgeschichte ihres Mannes mitgeschrieben hat."

Die Tür fiel ins Schloss. Dann hörte ich etwas rasseln und es wurde wieder geöffnet. Frau Basche hatte die Kette entfernt.

„Rüdiger!", rief sie über die Schulter gewandt in Richtung des langgestreckten Flurs hinter ihr. Mit schlurfenden Schritten näherte sich ein stattlicher Mann in seinen hohen neunziger Jahren. Sein Kopf war kahl bis auf einen dünnen weißen Haarkranz. Er hatte ein faltiges Gesicht und trug eine Brille, hinter der zwei braune Augen streng hervorschauten. Offensichtlich waren sowohl Herr und Frau Basche starke Persönlichkeiten, die über eine gehörige Portion Willenskraft verfügten.

„Guten Tag, Herr Basche", begrüßte ich ihn höflich. „Wir hatten heute Mittag kurz telefoniert."

„So?" Basches Reaktion erschöpfte sich im Hochziehen einer seiner buschigen Augenbrauen.

„Es war kein richtiges Gespräch. Kurz nachdem ich mich bei Ihnen vorgestellt hatte, wurde es unterbrochen."

„Weil ich aufgelegt habe!", donnerte der alte Mann. „Jetzt erinnere ich mich wieder. Sie sind der Telefonverkäufer. Verschwinden Sie auf der Stelle!"

„Ich will Ihnen nichts verkaufen. Ich bin auf der Suche nach einem Mann, der Sie interviewt hat."

„RAUS!"

Es war offensichtlich, dass Basche gar nicht zugehört hatte. Sein Gesicht nahm eine tiefrote Färbung an. Ich machte mir ernsthaft Sorgen um seinen Blutdruck.

„Beruhige dich Rüdiger und lass den jungen Mann wenigstens ausreden."

Ich schenkte Frau Basche einen dankbaren Blick.

„Setzen wir uns ins Wohnzimmer", fügte sie hinzu, „dann können wir uns in Ruhe unterhalten." Die zierliche Frau hatte ihren Wüterich offenbar gut im Griff. Er folgte ihr gehorsam in die gute Stube und schraubte die Lautstärke seiner Stimme erheblich nach unten.

„Setzen Sie sich", sagte er und deutete unbestimmt auf eine Polstersitzgruppe. „Nein, da rüber, in den anderen Sessel, damit ich Sie im Auge behalten kann."

Frau Basche warf ihrem Mann einen mahnenden Blick zu. Der verstummte augenblicklich und verschränkte die Arme vor der Brust. Es war keine Frage, wer in diesem Haushalt das Sagen hatte.

„Trinken Sie einen Kräutertee mit?", fragte sie. „Für Kaffee ist es schon ein wenig spät."

Tatsächlich war es schon nach siebzehn Uhr. Die Fahrerei mit den öffentlichen Verkehrsmitteln hatte länger gedauert als gedacht. Basches Gattin stellte ein Teeservice und einen Teller mit Gebäck auf den Tisch. Dabei lächelte sie mir aufmunternd zu, während ihr Mann jede meiner Bewegungen argwöhnisch verfolgte. Ich kam mir ein wenig vor wie in dem Spiel 'Guter Bulle, Böser Bulle'.

„Nun erzählen Sie mal, junger Mann", sagte Frau Basche, „was Sie zu uns führt. Wenn ich Sie richtig verstanden habe, suchen Sie einen der Männer, die ein Buch über das Leben meines Mannes schreiben wollten."

Der Greis öffnete den Mund und beugte sich nach vorne. Offensichtlich wollte er wieder seinem Unmut Luft machen. Ein Seitenblick seiner Angetrauten brachte ihn jedoch erneut zum Schweigen.

„Ja", sagte ich. „Der Name des Mannes, den ich suche, ist Stefan Rabenacker."

„Und warum suchen Sie ihn?", blaffte Rüdiger Basche.

„Er ist plötzlich verschwunden. Seine Freundin macht sich große Sorgen um ihn und hat mich gebeten, bei der Suche zu helfen."

„Wollen wohl bei ihr landen, was?"

„Rüdiger!"

Basche brummte etwas Unverständliches und bedachte seine Frau mit dem Blick eines kleinen Jungen, dem man soeben sein Spielzeug weggenommen hat. Sie blieb jedoch ungerührt und wandte ihre Aufmerksamkeit wieder mir zu.

„Ist nicht die Polizei dafür zuständig, Vermisste aufzuspüren, Herr Strecker?"

„Ja, schon", erwiderte ich. „Aber diese Freundin befürchtet, dass man ihr dort nicht so recht glaubt und dem Fall nicht mit der nötigen Sorgfalt nachgeht." Unvorsichtigerweise fügte ich noch die Erklärung „Gelegentlich arbeite ich als Privatdetektiv" hinzu, was bei Rüdiger Basche eine ungeahnte Reaktion heraufbeschwörte.

„Tatsächlich?", fragte er. In seinen Augen leuchtete es auf. „Ich halte ja sonst nicht viel von den Amerikanern, aber diese alten Detektivromane - einfach Klasse! Hart im Nehmen, die Kerle. Wühlen vor allem den Dreck auf, über den die feine Gesellschaft gerne den Teppich legen würde." Basche schlug mit den Fäusten Löcher in die Luft. „Sie haben sicher auch schon einiges einstecken müssen, was?"

Überrascht von dieser plötzlichen Zuwendung des alten Mannes, war ich zuerst zu keiner Antwort auf diese Frage fähig. Dann dachte ich an mein lädiertes Knie und nickte.

„Ja, kann man schon sagen."

Basche war begeistert. „Ich habe in meinem Leben auch schon einiges einstecken müssen. Ich war in der KPD, wissen Sie. Anfang der Dreißigerjahre war es besonders schlimm. Kaum ein Tag ohne Prügelei mit dem braunen Pöbel." Urplötzlich erlosch das Feuer hinter seinen Augen. „Sind schlimme Dinge passiert, damals", murmelte er und griff nach seiner Tasse.

„Rüdiger, bitte", wiederholte Frau Basche, diesmal aber um einiges sanfter als vorhin.

„Sie müssen entschuldigen", sagte sie zu mir gewandt. „Er regt sich leicht auf. Besonders, wenn er über die alten Zeiten spricht."

„Dafür müssen Sie mich gewiss nicht um Entschuldigung bitten", antwortete ich verlegen. Ich räusperte mich, bevor ich erneut ansetzte. „Ich habe ein Foto mitgebracht. Vielleicht erkennen Sie den Mann wieder." Ich holte das Bild hervor und reichte es Herrn Basche. Er betrachtete es ausgiebig. Beunruhigt registrierte ich, dass seine Stirnader heftig pulsierte.

„Und?", fragte ich vorsichtig. „Erinnern Sie sich an den Mann?"

„Ob ich mich an ihn erinnere?" Basche beugte sich so weit nach vorn, dass ich fürchtete, er würde aus seinem Sessel kippen. „Aber gewiss, das kann ich Ihnen sagen. Der war eigentlich ganz höflich. Ein Idealist, um nicht zu sagen, ein Träumer. Kam in Begleitung eines Kerls, der genau das Gegenteil zu sein schien. Ein ausgekochter Typ war das. Schwang zwar große Reden, aber mich konnte er damit nicht beeindrucken!" Basche ließ sich wieder zurück in den Sessel fallen und schnaubte. „Ich habe diesem Janosch auf den Kopf zugesagt, dass er nichts weiter als ein Salonrevoluzzer sei. Der hatte ja wirklich keine Ahnung. Glaubte wohl, wenn er ein paar Brocken aus dem Kommunistischen Manifest zitiert, dass ich ihm dann um den Hals falle. Pah!"

Nun war ich es, der sich nach vorn beugte. „Janosch, sagten Sie der Mann, der Sie zusammen mit Stefan Rabenacker besuchte, hieß Janosch?"

Basche brummte etwas, das ich als Zustimmung interpretierte. Dummerweise hatte ich mein Diktiergerät nicht eingesteckt. „Hätten Sie vielleicht ein Blatt Papier und einen Kugelschreiber für mich?", bat ich.

Frau Basche nickte freundlich und brachte mir das Gewünschte.

„Wissen Sie zufällig, wo dieser Janosch wohnt?"

„Er hat mir sogar seine Visitenkarte dagelassen." Basche spuckte diesen Satz mehr aus, als dass er ihn sprach. „Kam sich wohl ungeheuer wichtig vor."

„Rüdiger hat die Karte gleich wegwerfen wollen," sagte Frau Basche. „Aber ich habe sie aufgehoben und in unser Telefonbüchlein gelegt. Nimmt ja nicht viel Platz weg, habe ich gedacht. Außerdem hatte ich so ein Gefühl, dass wir sie noch einmal brauchen würden."

Ich dankte dem Himmel für Frau Basches Intuition. „Wären Sie so nett und würden ... "

„Aber selbstverständlich", sagte sie. „Ich hole sie Ihnen."

Kurz darauf brachte mir Frau Basche Janoschs Visitenkarte. An der rechten unteren Ecke waren ein Hammer und eine Sichel aufgedruckt. Basches Blick fiel darauf und der alte Mann schnaubte erneut verächtlich. Ich steckte die Karte schnell ein und stand auf.

„Vielen Dank, Sie haben mir sehr geholfen."

„Bekomme ich jetzt auch so ein Kärtchen von Ihnen?", fragte Rüdiger Basche. „Für den Fall, dass wir Ihnen noch etwas Wichtiges mitteilen wollen?"

„Das ist natürlich eine gute Idee", erwiderte ich und überreichte ihm das Gewünschte.

„Hier, bitte."

Basche nahm die Karte und drehte sie zwischen seinen Fingern. Jetzt fehlte nur noch, dass er den Text laut vorlas.

„Tim Strecker, Arbeiten aller Art. He, da steht ja überhaupt nichts von Detektiv!"

„Ich habe leider keine Lizenz", gestand ich kleinlaut. „Ich arbeite gewissermaßen außer Konkurrenz."

Basche lachte dröhnend. „Detektiv ohne Lizenz. Das gefällt mir!"

Er erhob sich mühsam aus seinem Sessel und schlug mir mit seiner Pranke auf die Schulter. Meine Knie gaben leicht nach und ich war froh, diesem Mann nicht in der Blüte seines Lebens begegnet zu sein. Sonst hätte mich sein Schlag wahrscheinlich gefällt wie einen Schachtelhalm.

Es war gegen halb neun, als ich an diesem Abend in meine Wohnung zurückkehrte. Die Rückfahrt hatte noch länger gedauert als der Hinweg, weil eine S-Bahn ausgefallen war. Ich war hundemüde und genervt, aß noch eine Kleinigkeit und ging früh zu Bett. Geweckt wurde ich wie am Morgen davor durch heftiges Geläut. Diesmal an meiner Wohnungstür - nicht vom Telefon.

„Einen Moment, bitte!" Mühsam erhob ich mich, zog mir etwas an und taumelte durch den Flur.

„Mach auf, Tim. Sofort!"

Der französische Akzent gehörte unverkennbar zur Stimme meines langjährigen Freundes Auguste Le Meur. Ich fragte mich, was der als Kommissar im Dienst der Wiesbadener Kripo stehende Franzose um diese Zeit bei mir zu suchen hatte. Schließlich war heute ein ganz normaler Arbeitstag. Le Meur begnügte sich inzwischen nicht mehr damit, die Türklingel zu strapazieren. Er hämmerte mit seinen Fäusten gegen das Türblatt, dass es nur so dröhnte.

„Moment, habe ich gesagt!" Nicht zu fassen, dass ein ansonsten so ausgeglichen wirkender Mensch wie Auguste Le

Meur sich zu einem derart ungestümen Auftritt hinreißen lassen konnte. Ich riss die Tür auf und Jelzin, wie der Kommissar wegen seiner zwei fehlenden Finger an der linken Hand auch genannt wurde, stolperte, vom eigenen Schwung mitgerissen, in meine Wohnung.

„Hallo, Jelzin", begrüßte ich ihn betont lässig. „Komm doch rein. Auch einen Kaffee?"

„Lass die Scherze, Tim!", versetzte der Franzose und bedachte mich mit einem Blick, unter dem ich unwillkürlich zusammenzuckte.

„Was ist los, Auguste. Gibt es Ärger?"

„Das solltest du eigentlich am besten wissen", gab er zurück und hielt mir eine meiner Visitenkarten unter die Nase.

„Kennst du die?", fragte er überflüssigerweise.

„Jelzin, ich bitte dich. Komm zur Sache!" Ich war noch müde und mit nüchternem Magen nicht für seine Spielchen aufgelegt. Leicht gereizt schob ich mich an ihm vorbei in die Küche.

„Magst du auch einen Kaffee?", wiederholte ich. Diesmal nickte er kurz und sah mich ernst an. Die Art, wie Jelzin mich anstarrte, ärgerte mich. Ich wollte ihn gerade erneut auffordern, mir zu sagen was los war, als er mir zuvorkam.

„Diese Karte wurde heute Morgen in Frankfurt in der Wohnung eines alten Ehepaares gefunden. Die Kollegen haben bei uns angefragt, ob du bereits aktenkundig bist."

Ich drehte mich so schnell zu Le Meur um, dass ich das Kaffeepulver verschüttete.

„Dieses Ehepaar, heißen die Basche?"

Wieder ein Nicken und dieser ernste Blick. „Was hattest du dort zu suchen, Tim?"

„Ich habe mich nach jemandem erkundigt", sagte ich und schaltete die Kaffeemaschine ein.

„Warum fragst du?" Ich spürte, wie sich meine Nackenhaare hochstellten. Ich hatte mehr als nur eine Ahnung davon, was Le Meur mir als Nächstes sagen würde.

„Die Basches wurden ermordet, Tim. Jemand hat sie kaltblütig erschossen. In den Hinterkopf. Es war eindeutig Profiarbeit."

Ich wischte das verschüttete Kaffeepulver auf und verwendete darauf mehr Zeit, als nötig. In meinem Kopf summte es. Das konnte doch nicht wahr sein, dachte ich. Ein Zufall - es musste sich um einen verrückten Zufall handeln. Das Leben war voll davon. Groteske Irrtümer, wohin man schaut. Wieder fühlte ich Le Meurs Blick auf mir. Ich drehte mich zu ihm um und sah ihm direkt in die Augen.

„Ich habe keine Ahnung, Jelzin. Ehrlich!"

Kapitel 3

Nachdem Le Meur mich noch ein paar Augenblicke mit seinem Röntgenblick bedacht hatte, sagte er: „Erzähle mir, was passiert ist, Tim."

Der Kaffee war fertig. Ich füllte zwei Tassen, schob eine davon zu Auguste hin und setzte mich ihm gegenüber an den Tisch. Nach einem kurzen Blick in seine ernst dreinschauenden Augen erzählte ich Le Meur, warum ich die Basches aufgesucht hatte. Jelzin hörte mir aufmerksam zu, bis ich meinen Bericht beendet hatte.

„Ich möchte mit dieser Fotografin sprechen", meinte er dann.

„Gib mir bitte ihre Adresse."

„Vielleicht ist es besser, ich bin dabei, wenn du sie vernimmst."

Jelzin zog eine seiner ausgesprochen buschigen Augenbrauen hoch.

„Zu ihrer Beruhigung", fügte ich hastig hinzu. „Ich meine, Sigrid fällt bestimmt aus allen Wolken, wenn sie erfährt, dass der Killer nicht bloß Rabenackers Phantasie entsprungen ist."

Mit erhobener Hand zeigte Auguste seinen Einspruch an.

„Langsam Tim. Erstens soll das keine Vernehmung, sondern höchstens eine Befragung werden. Zweitens ist noch gar nicht erwiesen, dass es sich bei dem Mörder der Basches um den Killer handelt, der angeblich hinter deinem Freund her ist."

„Sigrids Freund", versetzte ich trotzig. „Aber erkläre mir mal bitte, wieso die Basches ausgerechnet nach meinem Besuch ermordet wurden."

Jelzin lehnte sich lässig zurück. „Dafür kann es verschiedene Gründe geben. Einmal den lieben Kollegen Zufall oder aber, was viel wahrscheinlicher ist, der Umstand, dass Rüdiger Basche anlässlich des bevorstehenden Tages der Deutschen Einheit als Zeitzeuge bei einer Großveranstaltung gegen Nazis auftreten sollte, was einigen rechtsextremen Gruppierungen ein Dorn im Auge war."

Ich schaute auf den Kalender, der über dem Kühlschrank hing. „Das wäre tatsächlich ein Grund", murmelte ich, ohne es wirklich zu glauben.

Wir fuhren in Le Meurs Wagen nach Taunusstein. Sein roter Alfa Romeo war nagelneu. Darum brauste mein väterlicher Freund diesmal nicht wie gewohnt mit Renngeschwindigkeit über die Eiserne Hand. Vielleicht war er ja auch seit seinem letzten Totalschaden etwas vorsichtiger geworden. Eine These, die ich augenblicklich wieder verwarf.

Sigrid war nicht wenig erstaunt, als ich mit Jelzin bei ihr auftauchte und den Grund seiner Anwesenheit erklärte.

„Ermordet?", fragte sie fassungslos. Trotz des Make-ups konnte ich deutlich sehen, wie ihr die Farbe aus dem Gesicht wich.

„Ganz recht, Frau Beck", sagte Jelzin. „Können Sie sich einen Zusammenhang zwischen dem Verschwinden Stefan Rabenackers und dem Mord an dem Ehepaar Basche vorstellen?"

Sigrid schüttelte den Kopf. „Nein, außer dem Umstand, dass Stefan von einem Killer sprach, der ihm auf den Fersen sei, natürlich."

„Aber das haben Sie ihm nicht so recht geglaubt, oder?"

Ich betrachtete Jelzin forschend von der Seite. Wenn er so suggestiv fragte, hatte er sich meist schon für eine andere Möglichkeit entschieden. Es war offensichtlich, dass er eher auf die Rechtsextremisten als Täter setzte.

„Stefan hatte schon immer eine blühende Phantasie", sagte Sigrid zögernd. „Andererseits würde er nicht so ohne Weiteres untertauchen."

„Wir können natürlich nach ihm suchen lassen und ihn bitten, sich bei der nächsten Polizeidienststelle zu melden", bot Jelzin an. Es war offensichtlich, dass er es nur aus einem Pflichtgefühl heraus tat.

„Das würde ich nicht machen", sagte ich schnell.

Sigrid und Auguste sahen mich überrascht an.

„Ich meine nur", sagte ich schwach, wobei ich merkte, wie ich rot wurde.

„Was, wenn es doch ein Profikiller auf Rabenacker abgesehen hat? Er könnte sich an die Ermittlungen dranhängen und abwarten, bis die Polizei Stefan für ihn aufgespürt hat."

Auguste bedachte mich mit einem mitleidigen Blick. „Ich glaube, nicht nur Stefan Rabenacker hat eine blühende Phantasie." Er stand auf.

„Ich muss zurück aufs Revier. Soll ich dich in die Stadt mitnehmen, Tim?"

„Nein danke," sagte ich. „Ich fahre später mit dem Bus."

„Ich habe heute aber noch einiges zu tun", meinte Sigrid auf mich gemünzt, während sie den Tisch abräumte.

„Du könntest mal Urlaub gebrauchen", sagte ich.

Sie warf mir einen kurzen Blick zu. „Natürlich könnte ich das, aber woher nehmen."

„Gibt doch Last Minute", erwiderte ich leichthin. „Gleich um die Ecke von deinem Fotoladen ist doch ein Reisebüro. Lass dich halt mal beraten."

Sie lachte. „Willst mich wohl für ein paar Wochen loswerden, wie?" Es hatte ein Scherz sein sollen, aber das nachfolgende Schweigen, verbunden mit einer seltsamen Stimmung, die sich plötzlich im Raum ausbreitete zeigte, dass Sigrid einen Treffer gelandet hatte.

„Was ist los, Tim?", fragte sie scharf.

Ein Blick in ihr Gesicht sagte mir überdeutlich, dass weitere Ausflüchte sinnlos waren.

„Ich mache mir Sorgen um dich", sagte ich geradeheraus.

„Du?" Der ungläubige Ton machte mich einigermaßen betroffen.

„Wieso denn nicht?", antwortete ich verärgert. „Gestern sind zwei Menschen umgebracht worden, kurz nachdem ich sie auf deine Veranlassung hin besucht habe. Le Meur kann glauben, was er will, aber wenn es doch einen Killer gibt, der hinter Rabenacker her ist, dann bist du auch in Gefahr!"

Sigrid sah mich mit großen Augen an. „Da hast du natürlich recht", meinte sie leise. „Entschuldige bitte."

„Wenn du also sowieso vorhattest, in diesem Jahr Urlaub zu machen", sagte ich, „wäre jetzt der günstigste Zeitpunkt."

Sigrid bedachte mich mit einem weichen Blick.

„Du machst dir tatsächlich Sorgen um mich", sagte sie mit warmer Stimme. „Hast du eigentlich keine Angst, dass der Killer auch hinter dir her sein könnte?"

Die Erinnerung daran, dass ich den Basches meine Visitenkarte dagelassen hatte, ließ mich schlagartig erblassen.

„Was hast du, Tim. Ist dir nicht gut?"
„Der Mörder", sagte ich tonlos. „Er weiß wo ich wohne."
Sigrid ließ sich zurück in den Sessel fallen. „Das haut mich jetzt aber um", sagte sie. Ich hatte plötzlich den Eindruck, irgendetwas tun zu müssen, egal wie sinnlos es auch sein mochte. Ich ging in die Diele und zog meine Jacke an.
„Wo willst du hin?", fragte sie.
„Zurück in die Stadt. Warum fragst du?"
„Kommt nicht in Frage. Du bleibst hier!"
Meine Kinnlade fiel runter wie ein Stoffbeutel, dessen Träger gerissen waren.
„Überlege doch mal, Tim. Du kannst jetzt nicht in deine Wohnung. Das ist viel zu gefährlich. Ich glaube nicht, dass der Mörder über mich Bescheid weiß. Darum bist du hier wahrscheinlich besser aufgehoben."
Mit einem Seufzer sank ich in den nächsten freien Sessel.
„Keine Angst", Sigrid machte ein verschmitztes Gesicht. „Ich fahre trotzdem in Urlaub. Spätestens ab morgen. Kommst du mit ins Reisebüro?"
Mir fiel ein beachtlicher Brocken vom Herzen. Sigrid mit ihrem Ordnungsfimmel und ich zusammen in ihrer Wohnung, das wäre nie und nimmer gut gegangen. So aber hatte ich ihre schicke Bude für mich allein und konnte hausen wie ich wollte.
„Aber eins sage ich dir", ihre Stimme bekam plötzlich einen drohenden Unterton.
„Wehe ich komme zurück und es ist nicht aufgeräumt und gespült. Dann kannst du etwas erleben."
„Nur keine Sorge", gab ich zurück. „Ein Killer im Genick reicht mir."
Sigrid ergatterte einen günstigen Aufenthalt für zwei Wochen auf Chalkidiki. Abflug am morgigen Nachmittag ab dem Flughafen Frankfurt am Main. Ich begleitete sie dorthin und umarmte sie zum Abschied. Als sie nach dem Einchecken durch die Personenkontrolle ging, winkte ihr noch einmal zu,

ehe ich mich umdrehte und zur S-Bahn Station lief. Am Wiesbadener Hauptbahnhof angekommen, fuhr ich von dort aus mit einem Stadtbus der Linie Vierzehn nach Biebrich. Hier wohnte In einer Erdgeschosswohnung in der Nähe des Schlossparks mein alter Freund Maschine. Manchmal wurde er auch Cyborg genannt. Beide Spitznamen verdankte er dem traurigen Umstand, dass er vor Jahren brutal zum Krüppel geschlagen worden war und nach diversen Operationen aus beinahe mehr künstlichen als organischen Körperteilen bestand. Was mich mit dem Cyborg außer einer langjährigen Freundschaft verband, war, dass er seinen heutigen Zustand zum Teil meiner Feigheit verdankte. Während ihn die Schläger bearbeitet hatten, war ich nur wenige Meter entfernt hinter einem Gebüsch gewesen, hatte dort gesessen und alles mitangehört: die dumpfen Schläge und sein Stöhnen, als er keine Kraft mehr zum Schreien gehabt hatte. Irgendwann war auch das Stöhnen nicht mehr zu hören gewesen. Ich hatte es damals einfach nicht geschafft, meiner Angst Herr zu werden und deshalb meinen Freund tatenlos seinem Schicksal überlassen. Von all dem wusste Maschine bis heute nichts. Für ihn war ich bis heute der Retter, der später zufällig vorbeigekommen war und für seinen Transport ins Krankenhaus gesorgt hatte. Ich verdrängte die Erinnerung an die Vergangenheit und betrat Maschines Wohnung.

Wie alle Genies mit einer kriminellen Ader, verfügte der Cyborg über vielfältige Möglichkeiten, die einen unbedarften Detektiv ohne Lizenz in die Lage versetzen konnten, einen Haufen Dummheiten mit weitreichenden Folgen zu begehen.

„Das würde ich mal eine Überraschung nennen, wenn du mich aufsuchen würdest, ohne etwas von mir zu wollen", begrüßte mich mein Freund auf seine gewohnt charmante Art.

„Also", sagte er, während er ein Shilum voll Gras stopfte. „Was kann ich für dich tun?"

„Ich brauch 'ne Kanone."

Es folgte eine unangenehme Gesprächspause.

Maschine zündete das Gras an, nahm einen tiefen Zug und atmete geräuschvoll aus. „Ich nehme an, dass Eisen soll nicht registriert sein?", fragte er endlich.

„Ist mir egal."

Wieder Schweigen, dann ein zweiter Zug.

„Magst du Kaffee?"

„Gerne. Soll ich einen aufsetzen?"

Ein kurzes Nicken seinerseits und ich setzte die Kaffeemaschine in Gang.

„Ich habe 'ne Wumme da", meinte er lässig. „Eine SIG Sauer. Halbautomatik, hat auch ein Gewinde für Schalldämpfer."

„Wo ist sie?".

„Schreibtischschublade links." Der Rest erstickte in einem Hustenanfall.

Ich nahm die Pistole und fand, dass sie gut in der Hand lag. Soweit man im Zusammenhang mit einer Waffe von gut sprechen konnte.

„Magazin?" Ich registrierte, dass ich mit meiner Einsilbigkeit mehr Coolness vortäuschte, als mir tatsächlich zur Verfügung stand.

„Schublade obendrüber."

Der Cyborg hatte seinen Hustenanfall überwunden. Es waren zwölf Schuss. Ich schob das Magazin in den Schacht bis es einrastete. Dann hob ich die Waffe vor mein Gesicht, schloss ein Auge und guckte über den Lauf.

„Du weißt schon, dass sie jetzt geladen ist?", fragte Maschine und duckte sich in seinem Rollstuhl. Ich ließ die Pistole augenblicklich sinken.

„Ich will sie nur geliehen", sagte ich. „Hab kein Geld, um sie zu kaufen." Ich sah, wie es um Maschines Mund kurz zuckte. Trotz der Dröhnung hatte sich der Cyborg aber schnell wieder unter Kontrolle.

„Ist schon in Ordnung", meinte er. „Behalte sie nur, solange du willst."

Ich holte den Kaffee und schenkte zwei Tassen voll. Während Maschine kühle Luft über sein Heißgetränk blies, fixierte er mich über den Tassenrand.

„Kann ich sonst noch etwas für dich tun?"

„Ja. Kein Wort zu unserem französischen Freund."

Der Cyborg grinste. „Könnte sein, dass Jelzin ganz schön sauer wird, wenn er davon erfährt. Meinen Haschischkonsum toleriert er ja. Auch die elektronischen Spielereien. Aber bei Waffenhandel, glaube ich, hört für ihn der Spaß auf. Was hast du überhaupt mit der Automatik vor. Etwa jemanden umzulegen?"

Ich konnte dem Cyborg ansehen, dass er selbst nicht an diese Möglichkeit glaubte. Ich wusste nicht, was ich ihm antworten sollte. Etwa, dass ich mit der Knarre auf einen Profikiller losgehen wollte?

„Ich hoffe nicht, dass ich sie brauchen werde", antwortete ich wahrheitsgemäß. „Ich will mir nur ein wenig Respekt verschaffen."

„Hm, hm."

Wir redeten noch eine Weile bangloses Zeug. Dann verabschiedete ich mich. Bevor ich die Wohnung verließ, erzählte ich Maschine, dass ich die nächsten zwei Wochen in Sigrids Wohnung verbringen würde.

„Die Fotografin?", fragte er.

„Genau."

Darauf sagte er nichts mehr, aber irgendwie hatte ich den Eindruck, dass sein wacher Verstand bereits daran ging, zwei und zwei zusammenzuzählen.

Kapitel 4

Meine nächste Station hieß Janosch. Seine Adresse auf der Visitenkarte, die ich von den Basches erhalten hatte, war nicht mehr aktuell gewesen, aber Sigrid hatte mir, bevor sie abflog, noch einen Hinweis gegeben, der sich als zutreffend herausstellte. Ihren Angaben zufolge trieb sich Janosch, wenn er immer noch politisch aktiv war, vermutlich häufig in einem Koordinationsbüro im Wiesbadener Westendviertel herum. Ich fand das Büro, das in einer von der Dotzheimer Straße abzweigenden Straße lag und öffnete die Tür ohne anzuklopfen. Der Raum, den ich betrat, ähnelte eher einem Heizungskeller als einem Büro, oder was immer man sich darunter vorstellte. Auf dem Estrichboden standen ein Schreibtisch und ein paar Stellregale aus Metall, in denen alle möglichen Flugblätter und Unterschriftenlisten verteilt waren. In den beiden hinteren Ecken des Raumes standen zusammengerollte Fahnen und Transparente. Alles wirkte ein wenig provisorisch, so, als wäre man darauf eingerichtet, bei einer Polizeirazzia möglichst schnell belastendes Material verschwinden lassen zu können. Außer mir war nur ein weiterer Mann anwesend. Mir war sofort sofort klar, dass es sich bei ihm um Janosch handeln musste. Mein Gegenüber musterte mich genauso unverblümt, wie ich es umgekehrt tat. Sein Gesicht wies die Spuren stetigen Alkoholkonsums auf. Es war aufgedunsen, die Wangen rosig und zeigte vereinzelt geplatzte Äderchen. Seine kleinen Augen, Schweinsäuglein hätte Sigrid sie genannt, blickten verschlagen und huschten unruhig hin und her.

„Wolltest du zu mir?"

Seine Stimme klang verwaschen. Offenbar hatte Janosch schon einiges an Alkohol konsumiert. Die Zunge wollte ihm nicht mehr so recht gehorchen. Wie er so dasaß, breitbeinig und selbstherrlich auf seinem Stuhl hinter dem Schreibtisch, wirkte er auf mich nicht nur unsympathisch sondern geradezu abstoßend. Eine junge Frau, Anfang zwanzig, mit kurzgeschnittenen schwarzen Haaren und knabenhafter Figur, kam herein und legte einige Papiere auf den Schreibtisch.

„Die Entwürfe für die Plakate", sagte sie und verließ den Raum wieder. Janosch starrte auf ihren Hintern bis das Objekt seiner Begierde die Tür wieder hinter sich geschlossen hatte. Ich fand den Kerl einfach nur ekelhaft. Es fehlte nur noch, dass er anfing zu sabbern. Janosch warf einen kurzen Blick auf die Entwürfe und verzog das Gesicht.

„Käse", brummte er. „Da hatten wir zu meiner Zeit andere Sachen auf Lager."

Ich musste an mich halten, um nicht die Augen zu verdrehen. Das fehlte noch, dass dieser Suffkopp anfing, vor mir den harten Revoluzzer zu geben. Ich legte mir gerade eine passende Bemerkung zurecht, mit der ich ihm in die Parade fahren wollte, als Janosch mich erneut ansprach. „Also, was führt dich hierher?"

„Ich suche einen gemeinsamen Freund", sagte ich.

„Stefan Rabenacker. Weißt du vielleicht, wo er ist?"

„Rabenacker?" Janosch tat so, als müsse er angestrengt überlegen, ob er den Namen überhaupt schon einmal gehört hatte. Er war ein miserabler Schauspieler. Wenn er seiner Rolle als alter Straßenkämpfer genausowenig gerecht wurde, dann hatte er bei seinen Genossinnen bald jede Sympathie verspielt. Janosch fühlte sich nicht wohl in seiner Haut und er wusste etwas. Das konnte man ihm kilometerweit ansehen. Vielleicht hatte er Angst, weil er etwas wusste und jemand anderer genau davon Wind bekommen hatte. Was immer es war, ich wollte es herausfinden. Irgendwann, in allernächster Zeit, würden Janosch und ich deswegen Ärger bekommen, das spürte ich. Nachdem er eine Minute lang mit zusammengekniffenen Augen in die Luft gestarrt hatte, schüttelte er den Kopf.

„Tut mir leid. Der Name sagt mir gar nichts. Warum, sagtest du, suchst du ihn?"

In diesem Moment setzte etwas in mir aus. Der Kerl machte mich einfach rasend. Ich zog die Beine an und ließ sie gegen die Schreibtischkante schnellen. Janosch wurde auf seinem Stuhl zwischen dem Tisch und der Wand hinter ihm eingeklemmt.

„Sag mal, hast du sie noch alle?" Mehr brachte der Kerl nicht heraus, weil er nach Luft schnappen musste. Die Tischkante schnitt in seine Brust, was ihm das Atmen einigermaßen erschwerte. Mit hochrotem Kopf versuchte Janosch, sich aus der Klemme zu befreien.

„Ich lasse mich nicht für dumm verkaufen, du Arsch. Du hast mit Rabenacker zusammen an einem Buch geschrieben und willst mir erzählen, dass du ihn nicht kennst?"

Ich drückte mit aller Kraft gegen den Tisch, um Janosch fester einzuklemmen. Das hätte ich besser bleiben gelassen, denn jetzt geriet der Kerl in Panik, was seine Kräfte mindestens verdoppelte. Es gelang ihm, das Möbelstück einige Zentimeter in meine Richtung zu stoßen. So bekam er genügend Platz, um sich aus seiner misslichen Lage zu befreien. Mit einem Knurren stieg Janosch auf die Tischplatte und setzte mit hervorgestreckten Armen zum Sprung an. Das Haar hing ihm wirr im Gesicht. Wütend beschrieb seinen Gemütszustand nur unzureichend. Janosch wollte Blut sehen, mein Blut.

„Bleib wo du bist", sagte ich und umklammerte den Griff der Pistole in meiner Tasche. Überrascht registrierte ich, wie viel Sicherheit mir das kühle Metall verschaffte.

„Einen Schritt weiter und ich schieße dich über den Haufen!" Ich hatte Janosch wohl gehörig unterschätzt. Er entsprach anscheinend doch nicht dem Typ des Salonrevoluzzers, der sich von einem Bluff oder meinem forschen Auftreten einschüchtern ließ. Statt innezuhalten, packte er den Schreibtisch und stieß ihn beunruhigend mühelos durch den Raum.

„Du glaubst wohl, ich nehme dir ab, dass du 'ne Knarre einstecken hast?", knurrte er und machte einen Schritt auf mich zu, wobei er die zu Fäusten geballten Hände halbhoch hielt. Ich zog die Waffe vollends hervor und richtete den Lauf auf seine Brust.

„Bleib stehen!", wiederholte ich. Janosch erstarrte augenblicklich.

Die jetzt eingetretene Stille wurde von sich rasch nähernden Schritten unterbrochen. Offenbar hatte sich jemand auf den Weg hierher gemacht, um die Ursache des Radaus, den Janosch und ich verursacht hatten, herauszufinden. Ich hatte keine Lust, mit der Wumme in der Hand erwischt zu werden, wie ich einen Menschen bedrohte. Mein alter Freund Le Meur würde mir nicht ewig aus der Patsche helfen können.

„Ich werde jetzt gehen", erklärte ich. „Aber ich komme wieder. Bis dahin hast du dir vielleicht überlegt, ob du mir nicht besser die Wahrheit sagst. Und glaub mir", fügte ich hinzu, „ich werde dich finden, wenn du versuchen solltest, unterzutauchen. Hast du mich verstanden?"

Zu meiner Überraschung nickte Janosch. Sein Gesicht war bleich geworden. Der Blick in die auf ihn gerichtete Mündung der Halbautomatik hatte ihn sichtlich geschockt - möglicherweise so sehr, dass er die Schritte draußen gar nicht registriert hatte. Ich ging rückwärts Richtung Ausgang, wobei ich die Waffe weiter auf ihn gerichtet hielt. Mit der freien Hand griff ich nach der Türklinke hinter mir. Durch die Türöffnung zu schlüpfen und dabei die Pistole in die Innentasche meiner Jacke zu stecken, war eins. Draußen legte ich einen kleinen Spurt ein, der mich um die nächste Straßenecke brachte. Mehrmals schaute ich mich um, ohne jemanden zu entdecken, der mir folgte. Bis zu meiner Wohnung in der Drudenstraße waren es nur wenige Minuten zu Fuß. An den Mörder des Ehepaares Basche dachte ich in diesem Moment überhaupt nicht, sonst wäre ich sicher sofort nach Bleidenstadt in Sigrids Wohnung gefahren. So aber ließ ich mich nur in einen Sessel fallen, streckte die Füße von mir und gab mich trüben Gedanken hin. Ich hatte gerade eine Seite an mir kennengelernt, die mich, gelinde gesagt, beunruhigte. Der Griff um das kalte Metall der Schusswaffe hatte mir Macht über Janoschs Leben oder Tod verliehen. Mit einiger Zerknirschung musste ich mir eingestehen, dass ich durchaus versucht gewesen war, diese Macht zu missbrauchen.

Am nächsten Morgen ging ich zu einem Kiosk in der Wellritzstraße und besorgte mir eine Zeitung. Eine Meldung auf der unteren Seitenhälfte drehte sich immer noch um den mysteriösen Anschlag in Nahost, was mich herzlich wenig interessierte. Ich drehte das Blatt nach oben, um den Aufmacher zu lesen. Mein Herzschlag beschleunigte in dem Augenblick, als mein Blick auf die Schlagzeile: MORD IM WESTEND – LINKE AKTIVISTEN ERSCHOSSEN! fiel. Nach Lektüre der ersten Kolumne des Artikels wusste ich endgültig, dass es sich bei den Toten um Janosch und seine junge Mitarbeiterin handelte. Das Studium der zweiten Kolumne bereicherte mich um die Kenntnis, dass die Vorgehensweise des Täters der im Fall des Frankfurter Ehepaares Basche entsprach. Noch unter Schock stehend, faltete ich die Zeitung zusammen und machte mich auf den Rückweg zu meiner Wohnung. Kurz bevor ich von der Seerobenstraße in die

Drudenstraße einbiegen wollte, entschied ich mich anders und ging geradeaus weiter Richtung Dürerplatz. Der Killer hatte also nicht aufgegeben oder gar meine Spur verloren, wie ich gehofft hatte. Ich musste damit rechnen, dass er über kurz oder lang meine Adresse herausfinden würde, wenn ich mich hier weiter aufhielt. Wahrscheinlich hatte ich irrsinniges Glück gehabt, dass der Mörder mich nicht gestern in meinem Zuhause überrascht hatte. Ich schalt mich einen leichtsinnigen Narren, weil ich nicht wieder in Sigrids Wohnung zurückgekehrt war. Gut möglich, dass der Killer mich deswegen nicht aufgesucht hatte, weil er wohl niemanden für so bescheuert hielt, sich so zu verhalten, wie ich es getan hatte. Natürlich war es für ihn wahrscheinlicher, dass ich weiterhin untertauchte, anstatt mich bereits jetzt wieder in meiner Wohnung aufzuhalten. Ich beschloss jedoch, mein Glück nicht allzu sehr auf die Probe zu stellen und machte mich schnurstracks auf den Weg nach Bleidenstadt.

In Sigrids Wohnung führte ich mir noch einmal den Artikel über den Wiesbadener Doppelmord zu Gemüte. Ich fühlte mich entsetzlich und machte mir Vorwürfe, fragte mich immer wieder, worin der Sinn von alldem bestehen mochte. Alles, worüber ich mir nach einer guten Stunde quälender Grübelei im Klaren war, war die Gewissheit, dass Rabenacker aus gutem Grund untergetaucht war. Wie brisant mochten die Informationen sein, über die er verfügte? Ich griff noch einmal nach der Zeitung. Ich fragte mich, ob Rabenacker dieses Blatt oder irgendein anderes regelmäßig las. Falls ja, könnte ich versuchen, über eine Anzeige Kontakt mit ihm aufzunehmen. Sigrid hatte erzählt, dass nur sie ihn als Lurch titulierte. Das konnte dem unbekannten Mörder, der meiner Spur folgte, nicht bekannt sein. Vielleicht gelang es mir ja, Rabenacker zu einem Treffen an einem Ort, den er von mir aus selbst bestimmen konnte, zu bewegen.

Eine Stunde später hatte ich ein rotes Ohr, verursacht durch einen hart dagegen gepressten Telefonhörer, und eine

Kleinanzeige mit folgendem Text bei zwei Wiesbadener Lokalzeitungen sowie einigen Wochen- und Szeneblättern aufgegeben.

NUR FÜR DICH LURCH! UNSERE GEMEINSAME FREUNDIN HAT DURCH IHRE LINSE EIN AUGE AUF DICH GEWORFEN UND SUCHT DICH. BITTE VEREINBARE EIN TREFFEN MIT MIR. ZUSAMMEN FINDEN WIR SICHER EINE LÖSUNG. ZEIT UND ORT ÜBERLASSE ICH DIR. TEILE MIR BEIDES AUF DIESEM WEG UNTER KENNWORT LURCH MIT. BITTE MELDE DICH!

Noch lange, nachdem ich die Anzeige in Auftrag gegeben hatte, grübelte ich über die Textvorlage nach. Immer wieder fragte ich mich, ob die Botschaft unverfänglich genug war und nicht etwa den unheimlichen Mörder auf unsere Spur bringen würde.

Ich überlegte, was ich noch weiter tun könnte, um den Fall voranzutreiben, aber mir fiel nichts mehr ein. Das hatte ich schon vorher gewusst, aber wenn ich ehrlich zu mir war, musste ich zugeben, dass ich mich nur von einer anderen, viel drängenderen Frage hatte ablenken wollen. Was tun mit der Waffe, die ich von Maschine geliehen hatte? Mein Besuch bei Janosch hatte gezeigt, dass ich nicht gerade über die notwendige charakterliche Eignung verfügte, um der mit dem Besitz einer Schusswaffe verbundenen Verantwortung gerecht zu werden. So gesehen war es nur vernünftig, mich so schnell wie möglich wieder von der Waffe zu trennen. Allerdings war es wohl kaum vernünftig, unbewaffnet einem Profikiller gegenüberzutreten, der sich einen Dreck um seine eigene charakterliche Eignung, besonders in Bezug auf Schusswaffengebrauch, scherte. Aber welche Chance hatte ich - mit oder ohne Schusswaffe - überhaupt gegen so einen Kerl?

Ich vertagte diese Frage, womit ich sie paradoxerweise zugleich beantwortete. Solange ich entsprechenden

Überlegungen auswich, behielt ich die Waffe, ganz klar. Es mochte meine Chancen gegen Mister Mord nicht gerade verbessern – verschlechtert wurden sie dadurch auch nicht.

Ich sandte Sigrid eine SMS, in der ich ihr mit hoffentlich harmlos klingenden Worten nahe legte, an ihren Urlaub eine Verlängerungswoche dranzuhängen. Keine Viertelstunde später klingelte das Telefon.

„Was ist los, Tim?"

„Nichts, was soll los sein?"

„Ich habe gerade deine SMS gelesen. Du willst mich noch länger aus dem Weg haben. Die Frage ist warum?"

„Wie kommst du darauf?", tat ich unschuldig. Sigrids verächtliches Schnauben zeigte mir überdeutlich das Misslingen dieses Manövers an.

„Komm schon, Tim. Glaubst du im Ernst, ich lasse mir von dir was vormachen?"

„Aber ich will dir doch überhaupt nichts vormachen."

Ihr Schweigen sprach Bände. Ich gab auf.

„Hör zu", sagte ich. „Der Fall gestaltet sich komplizierter, als ich dachte."

Ich überlegte fieberhaft, wie ich Sigrid die unvorhergesehene Entwicklung, die meine Suche nach Rabenacker genommen hatte, erklären konnte, ohne sie in Panik zu versetzen oder, schlimmer noch, ihre sofortige Rückkehr heraufzubeschwören.

„Was soll das heißen, komplizierter als ich dachte?", fragte sie ungeduldig.

„Es sieht ganz so aus, als habe der Lurch nicht übertrieben", sagte ich vorsichtig.

„Es ist tatsächlich jemand hinter ihm her und zwar jemand", ich schluckte, um den Hals freizubekommen, „der so sehr an unserem Freund interessiert ist, dass er sich an meine Fersen geheftet hat, damit ich ihn auf die richtige Spur bringe."

Ich hörte, wie Sigrid tief durchatmete.

„Wie ist diese Person auf dich gekommen?", fragte sie.
„Dafür habe ich nur eine Erklärung", entgegnete ich. „Sie muss dich bereits im Visier gehabt haben, bevor du mich beauftragt hast."
Einige Sekunden herrschte Schweigen. Offensichtlich musste Sigrid diese Möglichkeit erst einmal überdenken.
„Wahrscheinlich hast du recht", meinte sie schließlich.
„Was hast du als Nächstes vor?"
„Ich weiß nicht", sagte ich, während ich das Telefonkabel in meiner Hand drehte. Ein ungutes Gefühl hatte plötzlich von mir Besitz ergriffen. Ein Gefühl, das mich davon abhielt, Sigrid von meiner Idee mit der Zeitungsannonce zu erzählen. Was wäre, wenn mein Verfolger in der Lage war, diese Telefonleitung anzuzapfen und unser Gespräch zu belauschen? Was, wenn es ihm auf diese Weise gelingen würde, Sigrids momentanen Aufenthaltsort herauszufinden, er sie aufsuchen und Gott weiß was, mit ihr anstellen würde, um an die Informationen, die er haben wollte, heranzukommen? Der Killer hatte zur Genüge bewiesen, dass er bereit war, einen hohen Preis zu zahlen, um an sein Ziel zu kommen. Warum sollte er sich von den paar Tausend Kilometern, die zwischen hier und Sigrids Urlaubsort lagen, aufhalten lassen?

„Lass uns ein andermal weiter reden", sagte ich und fügte noch ein schnelles „Ich-melde-mich-wieder-bei-dir" hinzu, ehe ich auflegte, um so Sigrids Protest aus dem Weg zu gehen. Natürlich vergingen keine fünf Minuten, bis das Telefon wieder klingelte, aber ich ignorierte es. Sigrid würde schäumen vor Wut, aber ihre Sicherheit war mir das wert.

Kapitel 5

Ich vertrödelte den Rest des Tages, bis es Zeit war ins Bett zu gehen. Sigrid hatte nicht noch einmal versucht mich anzurufen. Ich konnte nur hoffen, dass sie meiner Empfehlung folgen und nicht aus lauter Trotz ihren Urlaub abbrechen würde. Als mich am nächsten Morgen die Türklingel aus meinem Schlaf schreckte, war mein erster Gedanke, dass es sich um die Freundin handelte, die vor der Tür stand und Einlass verlangte. Dann fiel mir aber ein, dass Sigrid sicher einen Schlüssel für ihre eigene Wohnung hatte und sie nicht unbedingt davon ausgehen konnte, dass ich mich in ihrer Wohnung aufhalten würde, wenn sie aus dem Urlaub zurückkehrte. Wer aber mochte es sonst sein, überlegte ich. Der Postbote, eine Nachbarin, die sich etwas Zucker borgen wollte oder - ich spürte wie es mir die Kehle zuschnürte - der Mörder, auf dessen Konto mittlerweile vier Morde gingen?

Auf Zehenspitzen schlich ich zur Tür, um durch den Spion zu schauen. Auf halbem Weg schlug die Türklingel ein zweites Mal an. Das dunkle langgezogene *Trööt!!!* ging mir durch Mark und Bein und ließ mich wie schockgefrostet mitten in der Bewegung verharren. Endlose Sekunden verstrichen, dann hämmerte jemand von außen mit der Faust an die Tür. Unwillkürlich sah ich mich nach einem Gegenstand um, mit dem ich mich verteidigen konnte, falls der Irre dort draußen auf die Idee kam, die Tür einzutreten. Auf den naheliegenden Gedanken, zurück ins Schlafzimmer zu gehen und die Pistole zu holen, verfiel ich in meiner Panik nicht. Nach einem weiteren Moment der Stille betätigte der unbekannte Besucher ein drittes Mal die Klingel. Kurz darauf hörte ich sich langsam entfernende Schritte. Ich schlich schnell zur Tür und schaute durch den Spion, sah aber nur noch ein langes Männerbein, das in einer Anzughose steckte und soeben um die Ecke verschwand. Ich rannte durch die Zimmer, in der Hoffnung ein Fenster zu finden, das auf die Straße hinausging, die der Unbekannte beim Verlassen des Gebäudes betreten würde, aber ich kam wohl zu spät. Kein Anzugträger weit und breit. Einen kurzen Fluch ausstoßend, riss ich den Vorhang wieder vors Fenster und ging zurück ins Schlafzimmer, um mich anzuziehen.

Bei einer Tasse Kaffee überdachte ich meine nächsten Schritte. Ich beschloss, Sigrids Wohnung zumindest für die nächsten Tage zu verlassen und mich bei Maschine einzunisten. Er würde nicht schlecht staunen, wenn ich bei ihm um Asyl nachfragte, mied ich doch ansonsten den Aufenthalt in seiner Wohnung, wann immer es ging. Als Nichtraucher fiel es mir stets schwer, in Maschines nikotingeschwängerter Atmosphäre meinen Lungen genügend Frischluft zuzuführen.

Ungeduldig erwartete ich das Erscheinen der Blätter, in denen ich die Anzeige für den Lurch aufgegeben hatte. Noch mehr harrte ich dem Erscheinen der darauffolgenden Ausgaben, in denen ich hoffentlich Rabenackers Antwort finden würde. Geduld ist nicht gerade eine meiner Stärken. Wenn man's genau nimmt, eher eine Tugend, die zu entwickeln ich bisher vernachlässigt habe. Die Warterei war für mich kaum auszuhalten. Die quälenden Fragen, die sich mir im Zusammenhang mit dieser Warterei stellten, ebenfalls. Was, wenn Rabenacker überhaupt keine Zeitung las? Und wenn doch, würde er die Anzeige überhaupt finden? Und wenn ja, würde er überhaupt darauf antworten wollen? Die Kneipenwirte im Wiesbadener Bermuda-Dreieck und die Betreiber diverser Sonnenstudios in der Innenstadt waren gewiss froh, mich endlich los zu sein, nachdem ich die neueste Nummer des Stadtmagazins, das bei ihnen immer auslag, endlich in meinen Händen hielt. Ich blätterte das Blatt durch und fing dann wieder von vorne an, weil ich die Antwort des Lurchs hoffentlich nur übersehen hatte. Meine schwache Vermutung wurde beim zweiten Durchblättern bestätigt.

DER LURCH FÄHRT AM KOMMENDEN SONNTAG ZWISCHEN 10:00 und 11:00 UHR KD nach RÜD

stand da in der Rubrik für diverse Kontaktanzeigen. Ich brauchte nicht lange um herauszufinden, was KD bedeuten sollte. Die Buchstaben standen für die Köln-Düsseldorfer Schifffahrtsgesellschaft und RÜD bedeutete natürlich Rüdesheim. Eine äußerst schwache Codierung zwar, aber vielleicht doch geeignet, Ortsfremde im Unklaren zu lassen. Ich unterdrückte einen Jubelschrei und legte die Zeitschrift beiseite. Es hatte funktioniert! Nicht mehr lange und ich würde diesem Lurch höchstpersönlich gegenüberstehen. Begierig wartete ich auf den nächsten Sonntag. Dann war es endlich soweit. Bereits eine gute halbe Stunde vor der Abfahrtszeit fand ich mich an der Anlegestelle für die Touristikschiffe der Köln-Düsseldorfer Linie am Biebricher Rheinufer ein.

Es war ein warmer sonniger Oktobertag, wie geschaffen für einen Schiffsausflug. Ich stand an der Reling und schaute ins Wasser. Um den Schiffsrumpf tanzten weiße Schaumkronen auf den Wellen. Hinter mir hörte ich Stimmen und drehte mich um. Eine japanische Touristengruppe hatte sich auf dem Deck versammelt. Ihr freudiges oder amüsiertes Lachen erklang, als über die Schiffslautsprecher die Version der Reisebeschreibung in ihrer Sprache zum Besten gegeben wurde. Plötzlich spürte ich etwas Hartes im Rücken.

„Bleiben Sie einfach stehen", raunte mir eine männliche Stimme ins Ohr.

„Rabenacker."

Es war mehr eine Feststellung als eine Frage.

„Schnauze halten und nicht umdrehen!", befahl die Stimme.

„Strecken Sie eine Hand nach hinten aus. Nein, andersherum, mit der Handfläche nach oben."

„Was soll der Blödsinn?", fragte ich unwirsch. „Können wir uns nicht ... " Ich fühlte ein Stück Papier auf der Handfläche und ballte die Finger automatisch zur Faust.

„Bist du endlich fertig?" Meine Geduld war zu Ende. Als ich nach einigen Sekunden noch immer keine Antwort erhalten hatte, drehte ich mich um. Außer einem Haufen Japaner konnte ich niemanden entdecken.

„Scheiße!"

Die Touristen aus Fernost schauten mich konsterniert an. Ich sprach sie auf Englisch an, in der Hoffnung, einer von ihnen könnte mir sagen, in welche Richtung Rabenacker verschwunden war, aber mein mit Verve ausgestoßener Fluch hatte die Töchter und Söhne Nippons mir gegenüber misstrauisch gemacht. Sie wandten sich von mir ab, als wäre ich der Überträger einer ansteckenden Krankheit. Ich verließ das Deck und ging durch das Schiffsrestaurant. Anschließend wartete ich vor den Toiletten. Vielleicht hatte sich der Lurch ja dort versteckt, würde gleich aus einer der Kabinen herauskommen und mir über den Weg laufen. Dem war jedoch leider nicht so. In Eltville gingen einige Passagiere an Land. Ich starrte jeden einzelnen von ihnen an, konnte Rabenacker aber nicht unter ihnen ausmachen. Das Schiff legte in Rüdesheim an und die Japaner drängten sich an mir vorbei. Neue Passagiere kamen an Bord, und ich musste mir eingestehen, dass mir der Lurch entkommen war.

Ich ging zum Bahnhof und nahm den nächsten Zug zurück nach Wiesbaden. Seitdem die Strecke von einem Privatunternehmen befahren wurde, waren die Wagen moderner, aber auch voller. Trotzdem fand ich einen freien Platz. Als ich mich setzte, fiel mir das Papier ein, das Rabenacker mir in die Hand gedrückt hatte. Es war ein zusammengefalteter Zettel. Ich breitete ihn auseinander und las die Botschaft, die der Lurch darauf gekritzelt hatte.

Als ich damit fertig war, las ich den Inhalt ein zweites Mal.

Dann schüttelte ich den Kopf und steckte das Papier zurück in die Hosentasche.

SEI MORGEN UM PUNKT 14:00 UHR IM DUNKELGANG VOM HAUS DER SINNE. SINGE LAUT "ICH BIN EIN TAUBES NÜSSCHEN" VOR DICH HIN, DAMIT ICH DICH ERKENNE. SEI PÜNKTLICH UND HALTE DICH AN DIE ANWEISUNG, DENN ICH WARTE NICHT LANGE!

Ich schnaubte verächtlich und schüttelte erneut den Kopf. Der Kerl hatte vielleicht Nerven! Wie konnte der Lurch auch nur im entferntesten daran denken, dass ich mich derart zum Narren machen würde? Natürlich konnte er das. Schließlich war das meine einzige Chance, Kontakt zu ihm aufzunehmen.

„So ein Idiot!", schrie ich mein Spiegelbild im Zugfenster an.

„Junger Mann, wenn Sie randalieren, fliegen Sie hochkant raus, das sage ich Ihnen! Ihren Fahrschein, bitte."

Ich hatte den Zugbegleiter gar nicht kommen hören. Etwas, das wie eine Bitte um Entschuldigung klingen sollte, murmelnd, reichte ich dem Kontrolleur mein Ticket.

„Geht in Ordnung, aber denken Sie daran, was ich Ihnen gesagt habe." Der Mann bedachte mich erneut mit einem strengen Blick und schritt von dannen. Spätestens jetzt war dieser Tag für mich endgültig gelaufen.

Kapitel 6

Umgeben von Wänden und Dunkelheit klebte ich an einem Hindernis im Dunkelgang, der sich im Keller des Freudenberger Schlosses befand. Es war total finster hier. Ich tastete mich an der Backsteinwand entlang und kam nur sehr langsam vorwärts. Der Weg verlief nicht geradeaus und schien uneben sowie voller Stolpersteine und halsbrecherischer Hindernisse zu sein. Wenn das der Alltag Sehbehinderter war, hatte ich allen Grund, Gott für mein intaktes Augenlicht zu danken. Einmal blieb ich in einer sich stetig verengenden Sackgasse stecken. Ich fürchtete schon, nicht ohne fremde Hilfe aus dieser Falle wieder herauszukommen, aber irgendwann gelang es mir dann doch. Ich war mit den Nerven am Ende und kurz davor durchzudrehen. Hin und wieder stieß jemand gegen mich oder fummelten tastende Hände an mir herum. Die zu diesen Händen gehörenden Personen wichen jedoch schnell zurück, wenn sie mein gemurmeltes *Ich bin ein taubes Nüsschen* hörten. Sehen konnte ich dies natürlich nicht, aber die schnell leiser werdenden Trippelschritte waren Beleg genug dafür. Nach einer mir Stunden erscheinenden Wartezeit, während der mein *Ich bin ein taubes Nüsschen* zunehmend gereizter klang, legte sich mir eine Hand auf die Schulter. Ich schrak zusammen und fürchtete, jemand habe den Sicherheitsdienst alarmiert, um den Verrückten aus dem Tunnel entfernen zu lassen, aber es war tatsächlich Rabenacker. Keine Ahnung, ob er sich die ganze Zeit über hier versteckt hatte oder gerade erst in den Gang gekommen war.

„Sing weiter, als ob nichts passiert wäre", flüsterte er mir über die Schulter ins Ohr und fügte hinzu: „Bist du allein?"

„Ich bin ein taubes Nüsschen", wiederholte ich und nickte. Das konnte der Lurch natürlich nicht sehen.

„Wenn du antwortest, kannst du natürlich aufhören zu singen, aber sprich leise, damit uns kein anderer hören kann."

„Ich bin allein", sagte ich.

Plötzlich spürte ich Rabenackers Hand in meinem Schritt.

„He, was soll das?", protestierte ich.

„Schnauze halten!", kommandierte der Lurch. „Ich will sichergehen, dass du keine Knarre bei dir hast. Woher weiß ich denn, dass du nicht Sugar bist?"

„Sugar?", fragte ich und überlegte dabei fieberhaft, wie Rabenacker wohl reagieren würde, wenn er meine Pistole fand. Bisher hatte er sie noch nicht ertastet, was daran lag, dass er sich von unten nach oben vorarbeitete. Schon fühlte ich seine Hand die Innenseite meines Sakkos abtasten. Es konnte sich nur noch um eine Sekunde handeln, ehe der Lurch endgültig sein Vertrauen in die Menschheit verlieren und sich nie mehr blicken lassen würde. Ich drehte mich blitzschnell von seinem Arm weg, packte das, was ich von Rabenacker im Dunkeln gerade erwischen konnte und drückte ihn gegen die Wand.

„Schluss jetzt", knurrte ich. „Wenn ich dich umbringen wollte, hätte ich das längst getan!"

„Könnte ein Trick sein", gab Rabenacker zurück.

Ich verdrehte die Augen. Konnte er ja nicht sehen. Der Kerl war wirklich paranoid.

„Wenn du Hilfe brauchst, wird dir nichts anderes übrig bleiben, als dich jemandem anzuvertrauen. Oder willst du dich für den Rest deines Lebens verstecken?"

Sein Schweigen verriet mir, dass mein Argument stach.

„Erzähl mir von diesem Sugar", setzte ich nach. „Warum ist er hinter dir her?"

„Er ist ein Killer", sagte der Lurch. „Und er ist hinter mir her."

„Ja, aber warum?"

"Weil ich zu viel weiß, darum. Es geht um ein Militärgeheimnis. Wenn das auffliegt, kann unsere Regierung einpacken."

„Klingt ziemlich unglaubwürdig. Trägst du nicht ein bisschen zu dick auf?"

„Ich habe die Pläne fotografiert. Selbst wenn das Material nicht genug für einen Rücktritt hergeben sollte, für einen handfesten politischen Skandal reicht es allemal."

Plötzlich kniff mir der Lurch in den Arm. „Los, sing weiter! Ich höre jemand."

„Ich bin ein taubes Nüsschen."

„Lauter!"

„Du bist ein taubes Nüsschen ... Ich höre niemanden."

„Hab mich getäuscht. Wo war ich stehengeblieben?"

„Du hast Aufnahmen von militärischen Geheimplänen gemacht."

„Richtig. Dafür hatte ich mir Sigrids Kamera geborgt. Dieser Job, den ich gemacht habe, kam mir gleich komisch vor. Es passte einfach nichts zusammen. Das Büro war ziemlich schäbig, aber lauter illustre Firmennamen und prominente Wirtschaftsleute in der Kundenkartei."

„Und weiter?" Ich geriet ins Stolpern und stieß einen Fluch aus.

„Leise Mann!", zischte Rabenacker. „Hör zu. Ich fing an, mir die Bürounterlagen genauer anzusehen und kam bald dahinter, dass Mulland Electronic Waffen in Spannungsgebiete liefert."

„Hast du versucht, dich mit der Presse in Verbindung zu setzen, deine Entdeckung öffentlich zu machen?"

Rabenacker schnaubte. „Natürlich. Ich hatte sogar einen Übergabetermin mit einem Reporter vereinbart. War sowieso schon schwierig, ihn davon zu überzeugen, dass ich ihm keinen Bären aufbinden wollte. Als Gelegenheitsarbeiter und Studienabbrecher mit bewegter Vergangenheit bin ich als Informant für die Presse nicht gerade ein Ausbund an Seriösität. Nach einigem Hin und Her war dieser Reporter schließlich doch bereit, sich das Material anzusehen. Soweit schien alles klar, aber auf dem Weg zum Treffpunkt lauerte mir Sugar auf. Ich lief gerade Richtung Innenstadt, als ich etwas zischen hörte und neben mir eine Kugel in die Hauswand einschlug. Der Kerl hätte mich um ein Haar erwischt! Keine Ahnung, wieso der mir auf die Schliche gekommen ist. Das ist ein absoluter Profi, ich sag's dir."

„So, so. Dieser ominöse Sugar hat also am hellichten Tag in aller Öffentlichkeit auf dich geschossen." Ich gab mir keine Mühe, meine Skepsis zu verbergen. „Und wieso hat das keiner mitbekommen?"

„Er hat natürlich einen Schalldämpfer benutzt und einen Zeitpunkt abgepasst, wo niemand in der Nähe war."

„Zu dem Treffen mit dem Journalist ist es dann also nicht mehr gekommen", stellte ich nüchtern fest.

Womöglich nickte der Lurch, was ich natürlich nicht sehen konnte. Jedenfalls vergingen zwei Sekunden, ehe er antwortete.

„Der Typ hat sicher gedacht, ich hätte ihn verarscht. Ein zweites Mal hätte der sich bestimmt nicht mit mir getroffen."

„Gibt noch andere Reporter oder eine andere Zeitung", wandte ich ein. Rabenacker schnaubte durch die Nase. „Du kannst mir glauben, dass ich nach der Pleite die Schnauze gestrichen voll hatte und lieber untergetaucht bin, anstatt noch einmal eine Zielscheibe abzugeben."

Dagegen ließ sich schlecht argumentieren.

„Wo befindet sich das Büro wo du die Fotos gemacht hast und wo sind die Aufnahmen?"

„In der Rheinstraße, Nähe Ringkirche. Die Hausnummer habe ich vergessen. Die Firma heißt Mulland Electronic Design."

„Sehr gut. Und die Aufnahmen?"

Einmal ins Reden gekommen, hätte der Lurch mir sicher auch das verraten, aber ausgerechnet in diesem Moment machte ich eine ungeschickte Bewegung und stolperte gegen ihn. Rabenacker fühlte die Waffe in meinem Jackett und was nun folgte, war einzig der Paranoia eines um sein Leben Fürchtenden zuzuschreiben.

„Du hast 'ne Knarre?" Rabenackers Stimme schraubte sich in unangenehme Höhen.

„Nur zum Selbstschutz", stieß ich hervor. „Beruhige dich, Mann. Ich bin nicht hinter dir her."

„Ach nein?", der Lurch stieß ein höhnisches Lachen aus.

„Wer hat mich denn mit Anzeigen aus der Versenkung gelockt, hm? Aber so leicht kriegst du mich nicht!"

Ich wollte ihn festhalten, griff aber ins Leere. In seiner Panik drosch Rabenacker blind auf mich ein und landete einige Treffer. Ich stieß mit dem Kopf gegen die Steinwand und für einen Moment wurde mir schwarz vor Augen. Während ich zusammensackte, griffen meine Hände blindlings zu und bekamen Kleidungsstoff zu fassen. Einen Augenblick lang hegte ich die Befürchtung, gleich als Sittenstrolch verhaftet zu werden, weil dieser Stoff zu einer unbeteiligten Person gehörte, aber dem war glücklicherweise nicht so. Rabenacker schleifte mich einen Meter mit sich, während er vehement und wohl auch verzweifelt versuchte, sich von mir loszureißen. Das gelang ihm schließlich, wobei er mich mit einem Schwall von Flüchen bedachte. Beim Versuch, ihn wieder einzuholen, stieß ich erneut gegen etwas Hartes und rammte mir das rechte Knie. Der Schmerz war so gewaltig, dass mir jeder Gedanke an eine weitere Verfolgung augenblicklich verging. Ohnmächtig musste ich mitanhören, wie sich die Schritte des Lurchs immer weiter von mir entfernten. Ich hatte Rabenacker verloren, kaum dass ich ihn gefunden hatte. Ihn ein weiteres Mal aufzustöbern, würde mir wohl nicht mehr so leicht gelingen, wie heute.

Mühsam tastete ich mich wieder aus dem Gang hinaus. Mein Knie schmerzte und ich war frustriert. Ich versuchte mir einzureden, dass es so besser sei. Was hatte mir dieser Fall denn bisher eingebracht? Was hatte ich erreicht? Vier Tote hatte es gegeben. Vier Menschenleben, die ich möglicherweise durch meine Unvorsichtigkeit mit auf dem Gewissen hatte. Wahrscheinlich war Rabenacker in der Tat besser dran, wenn ich ihn nicht wieder aus der Versenkung holte. Ich änderte meine Meinung etwa eine halbe Stunde später, als ich in meiner Wohnung bei einer Tasse Kaffee die Situation noch einmal überdachte. Mich mit diesem Auftrag weiterhin auseinandersetzen zu müssen, erwies sich schon alleine deswegen als Notwendigkeit, um künftig Kaffee in meiner Wiesbadener Wohnung trinken zu können, ohne ständig eine entsicherte Pistole in Griffweite auf dem Tisch liegen zu haben. Der Killer würde weiterhin versuchen, an den Lurch heranzukommen und nicht deswegen aufgeben, weil ich beschlossen hatte, den Fall an den Nagel zu hängen. Der Mörder würde im Gegenteil wohl eher weiterhin versuchen, über mich an Rabenacker heranzukommen. Somit waren alle Menschen, die mir nahe standen, in ständiger Lebensgefahr. Zumindest so lange, bis Sugar unschädlich gemacht worden war - oder der sein Ziel erreicht hatte.

Die einzige Möglichkeit, aus diesem Schlamassel herauszukommen, war, den Lurch doch noch ein zweites Mal aufzuspüren und ihn davon zu überzeugen, das Geheimmaterial zu veröffentlichen. Vielleicht konnte ich ihn dazu bewegen, mir die Unterlagen zu überlassen, damit ich sie an die Presse weitergab. Nachdem allerdings bereits ein erster Versuch Rabenackers, die Informationen einem Journalisten zu übergeben, gescheitert war, und sich dieser Journalist in Unkenntnis des wahren Sachverhalts schlicht und ergreifend versetzt und somit zum Besten gehalten vorkommen musste, würde es eine gehörige Portion Überredungskunst brauchen, einen neuen Termin mit dem Reporter zu vereinbaren. Das Problem war hier allerdings, dass meine Vita der Rabenackers verdammt ähnlich war und mich somit auch nicht gerade als seriösen Gesprächspartner qualifizierte.

Es klingelte an der Tür. Vor Schreck stieß ich meine Kaffeetasse um. Das wäre an sich nicht weiter schlimm gewesen, denn sie war leer. Dumm war aber, dass die Tasse auf den Boden fiel und zerschellte. Das Zersplittern des Porzellans verursachte einen Mordslärm, dessen Echo in meinen Ohren widerhallte. Wenn dieser Krach auch nicht so laut gewesen war, wie es mir in diesem Augenblick vorkam, so reichte er dennoch aus, den Besucher vor meiner Tür von meiner Anwesenheit in Kenntnis zu setzen. Diesbezügliche letzte Zweifel wurden durch die verstärkten Bemühungen des unbekannten Gastes, sich bemerkbar zu machen, sogleich ausgeräumt.

„Ich komme ja schon!", rief ich nervös und griff nach der Pistole. Während ich die Waffe hinter meinem Rücken versteckte, öffnete ich die Tür einen Spalt, um zu sehen, wer da draußen so ungeduldig wartete. Es war Le Meur.

„Du bist es", sagte ich erleichtert. „Komm rein."

Die Pistole in meiner Hand hatte ich ganz vergessen. Als ich mich umdrehte und auf den Weg zurück in die Küche machte, spürte ich alsbald, dass irgendetwas nicht stimmte. Ich drehte mich um und sah Auguste, der wie festgewurzelt auf der Türschwelle stehen geblieben war und meine Hand mit der Waffe anstarrte.

„Du hast eine Pistole?"

„Nur geliehen", entgegnete ich schwach.

„Hast du überhaupt einen Waffenschein?"

„Nein, ich ... ich wollte sie sowieso heute zurückgeben."

„Tim!", Le Meurs Gesichtsausdruck wurde ernst. „Woher hast du die Pistole?"

„Von Maschine", antwortete ich lahm. „Ich hatte Angst und bat den Cyborg um eine Waffe. Zu meinem Schutz."
Auguste atmete geräuschvoll aus.
„Du gibst sie ihm sofort zurück. Komm, wir fahren zusammen hin."
Ich wusste, dass jede Widerrede sinnlos war. Wenn Auguste einen auf Autoritätsperson machte, war Widerstand zwecklos. Also schnappte ich mir meine Jacke und fuhr mit ihm in seinem roten Alfa Romeo nach Biebrich. Unterwegs erzählte er mir, dass er versuchte hatte, mich in Sigrids Wohnung anzutreffen. Ihm gehörte also das Hosenbein, das ich um die Ecke hatte verschwinden sehen. Meine Erleichterung darüber, dass der Killer Sigrids Wohnung und mich bisher noch nicht in Verbindung brachte, war riesengroß. Darüber, dass Maschine wegen der Pistole Schwierigkeiten mit Le Meur bekommen würde, machte ich mir keine Sorgen. Aus irgendeinem Grund war Auguste derart in den Cyborg vernarrt, dass er ihm alle möglichen Vergehen nachsah. Dazu hatte er auch allen Grund. Von uns dreien war es nämlich der Kommissar französischer Herkunft, der am meisten auf dem Kerbholz hatte. Seine Existenz in Deutschland verdankte er nämlich einzig und allein unserem gemeinsamen Freund Maschine. Der hatte Le Meur die erforderlichen Papiere – nun ja – organisiert, nachdem dessen heimatliche Dienststelle in Frankreich aufgelöst worden war. Der Franzose hatte zur damaligen Zeit an einem Austauschprogramm in Wiesbaden teilgenommen und war von seinem Heimatland nach Auflösung der Behörde schlicht und ergreifend vergessen worden. Damit Le Meur weiterhin seinen Dienst bei unserer Kripo versehen konnte, hatte ihm der Cyborg die erforderlichen Amtswege gewissermaßen abgenommen und ihm einen sicheren deutschen Beamtenstatus verschafft. Unter Einbeziehung sämtlicher Vergütungen, die einem Kommissar im Staatsdienst so zustehen, versteht sich. Was mich anging, so hatte Auguste,

was seine väterliche Fürsorge betraf, mich ebenso adoptiert wie Maschine, mit dem Unterschied, dass es dem Cyborg leichter fiel als mir, sich dieser teilweise an Bevormundung grenzenden Zuneigung zu entziehen. Am deutlichsten zeigte sich das wohl in Le Meurs Absicht, Maschine die Pistole zurückzugeben, obwohl dieser genausowenig über eine Waffenbesitzkarte verfügte, wie ich.

Ganz so glimpflich, wie ich mir das vorgestellt hatte, ging die Angelegenheit dann leider doch nicht vorüber.

Kaum hatten wir Maschines Wohnung betreten, als Le Meur sich vor unserem Freund aufbaute und ihn mit zusammengekniffenen Augen fixierte.

„Seit wann betätigst du dich als Waffenhehler?", fragte er gefährlich leise.

Maschine warf mir einen hilfesuchenden Blick zu. Ich wusste ihm nicht zu helfen und zuckte in einer um Entschuldigung bittenden Geste die Schultern.

„Ich kann dir das nicht durchgehen lassen, mein Lieber", setzte Auguste nach. „Du hast wohl vergessen, für wen ich arbeite?"

„Was du allerdings mir zu verdanken hast, oder?", erwiderte Maschine trotzig.

Ich hielt unwillkürlich den Atem an. Der Cyborg war eindeutig zu weit gegangen. Es dauerte nicht lange, bis ihm diese Erkenntnis selbst dämmerte, aber da war es bereits zu spät.

„Ich bin Polizist", presste Le Meur zwischen schmalen Lippen hervor. „Das heißt, dass ich auf der Seite des Gesetzes stehe. Daran wirst du nichts ändern. Das einzige, woran du vielleicht etwas ändern kannst, ist, dass ich nicht mehr Polizist in Wiesbaden bin und vielleicht", Jelzins Augen zeigten ein gefährlich anmutendes Glühen, „nirgendwo mehr Polizist sein werde. Was du jedoch nicht ändern wirst, mein Lieber", Le Meurs Gesicht war jetzt nur noch wenige Zentimeter von Maschines Nase entfernt, „ist, dass ich auch weiterhin auf der

Seite des Gesetzes stehen werde - ungeachtet aller Drohungen!"

Maschine starrte Jelzin mit großen Augen an, dann senkte er den Blick. „Tut mir leid, Mann. Ehrlich."

Ohne mich anzusehen, streckte Le Meur seine Hand mit der Fläche nach oben in meine Richtung. Ich brauchte nicht lange zu überlegen, was er von mir wollte. Behutsam überreichte ich ihm die Sig Sauer, die der Franzose sogleich im Innern seiner Jacke verstaute.

„Wie steht's mit den Ermittlungen?", fragte ich, im Versuch eine freundlichere Gesprächsatmosphäre zu schaffen. „Seid ihr dem Killer auf der Spur?"

Jelzin bedachte Maschine mit einem letzten finsteren Blick, bevor er sich zu einer Antwort bequemte. „Was die Morde angeht, tappen wir leider völlig im Dunkeln", sagte er. „Der Mann ist ein absoluter Profi."

„Könnte es nicht auch eine Frau sein?", fragte Maschine vorsichtig. „Könnte", räumte Le Meur ein. „Ist aber wenig wahrscheinlich."

„Warum?"

„Lauter Kopfschüsse, davon einer mitten ins Gesicht. Das spricht eher für einen männlichen Täter."

„Verstehe", sagte ich. Mir wurde schlecht.

„Gibt es in deinem Haushalt eigentlich keinen Kaffee?", fragte Jelzin. Sein Zorn war offensichtlich verraucht. Zu Le Meurs angenehmen Seiten gehörte es, nicht nachtragend zu sein. Tatsächlich überreichte er dem Cyborg nur einen Augenblick später die Pistole, wobei er ihn noch einmal mit einem strengen Blick bedachte. Damit war für ihn der Fall allerdings auch endgültig erledigt. Maschine ließ die Sig Sauer augenblicklich verschwinden. Ihm war seine Erleichterung deutlich anzumerken, als er Jelzin in die Küche dirigierte.

„Wie sehen deine weiteren Ermittlungsschritte aus?", fragte ich Auguste, als wir wenig später zu dritt vor unseren dampfenden Kaffeetassen saßen.

„Dein verschwundener Freund scheint momentan der einzige Anhaltspunkt zu sein, den wir haben", erwiderte der Franzose, während er Dampf von seiner Tasse wegblies. „Oder gerne hätten", fügte er nachdenklich hinzu. „Du hast nicht zufällig eine Ahnung, wo er stecken könnte?"

„Ich?"

Vor Schreck hätte ich beinahe meine Tasse umgeworfen. Le Meur hatte ich natürlich kein Wort davon erzählt, dass ich in dem Fall weiter engagiert war.

„Nein, wieso?"

„War nur so ein Gedanke. Mit dieser Fotografin würde ich übrigens auch gerne noch ein paar Worte wechseln. Ihr Urlaub müsste doch bald vorbei sein, richtig?"

„Sie hat ihn verlängert", sagte ich so beiläufig wie möglich. Vielleicht eine Spur zu beiläufig, denn Auguste fixierte mich lange und gründlich mit seinem Röntgenblick. Maschine rettete die Situation, indem er Le Meur eine Kostprobe seines neuen schwarzen und entsprechend übelriechenden Zigarettentabaks anbot. Unser Franzose griff begeistert zu und war für die nächsten Minuten, in denen er seinem Laster nachgab, abgelenkt.

„Ich muss wieder aufs Revier", verkündete Jelzin schließlich, nachdem er seine Selbstgedrehte aufgeraucht hatte. „Wie sieht's aus, Tim. Kommst du mit? Ich kann dich vor deiner Wohnung absetzen."

Ich nickte und stand gleichzeitig mit Auguste auf. Nicht, dass ich besonders scharf darauf war, mich länger den bohrenden Blicken und Fragen meines väterlichen Freundes auszusetzen. Allerdings war die Aussicht, mich Maschines Vorwürfen bezüglich der Waffe, die er mir auf mein Drängen hin gegeben hatte, ausgesetzt zu sehen, auch nicht sonderlich reizvoll.

Die Eingewöhnungszeit für den neuen Alfa war wohl endgültig vorbei. Wie früher üblich, schaffte es Le Meur mit seinem roten Flitzer, die Biebricher Allee in rekordverdächtiger Zeit hinter sich zu lassen. Mir war es recht, denn solange Auguste sich bei seinem rasanten Fahrstil auf die Straße konzentrieren musste, konnte er mir nicht mit unangenehmen Fragen zu Leibe rücken. Auf dem Kaiser-Friedrich-Ring ließ der Verkehr aber nur ein gemächliches Tempo zu, was es Jelzin dann doch erlaubte, sich mit mir zu unterhalten.

„Wann denkst du, wird diese Fotografin, wie heißt sie noch gleich, zurück sein?"

„In einer Woche etwa, schätze ich und ihr Name ist Sigrid Beck. Warum willst du sie noch einmal sprechen?"

Le Meur wechselte die Fahrspur, in der Hoffnung, dort schneller voranzukommen.

„Vielleicht kann sie uns doch noch einen Hinweis über den Aufenthaltsort ihres Freundes geben."

„Er ist nicht ihr Freund!", entgegnete ich ungewollt heftig. „Stefan Rabenacker ist ein alter Studienkollege von Sigrid, weiter nichts. Die beiden hatten jahrelang überhaupt keinen Kontakt."

Ich sah, wie Le Meurs Mundwinkel zuckten. Offensichtlich fiel es ihm schwer, ein Grinsen zu unterdrücken. Den Rest der Fahrt verbrachten wir schweigend. Als Auguste vor meiner Wohnung in der Drudenstraße anhielt, zeigte sein Gesicht wieder den gewohnten Ernst.

„Was diesen Fall mit dem Killer und Stefan Rabenacker betrifft, wollte ich dir noch etwas sagen."

„Ich weiß, was du mir sagen willst", kam ich ihm zuvor. „Halt dich da raus, Tim. Hab schon verstanden."

Jelzin öffnete seinen Mund, schloss ihn aber sofort wieder. Er sah wohl ein, dass jedes weitere Wort von ihm nur meinen Trotz hervorrufen würde. Ich stieg aus dem Wagen und winkte Le Meur noch einmal kurz zu. Dabei sah ich, wie er mich nachdenklich musterte. Sein Gesichtsausdruck wirkte jetzt noch eine Spur ernster.

Kapitel 7

In der Wohnung kochte ich mir einen Kaffee und überlegte meine nächsten Schritte. Ich war unzufrieden mit mir, weil ich wusste, dass ich wieder ganz von vorne anfangen musste. Schlimmer noch, der Lurch war jetzt noch misstrauischer als zuvor, falls das überhaupt möglich war. Er würde sich gewiss nicht auf ein weiteres Treffen einlassen. Die Sache sah jetzt so aus, dass ich ihn in seinem Versteck würde aufspüren müssen. Wie sollte ich das anstellen? Wie ihn finden und das möglichst, ohne dass unser unheimlicher Verfolger Wind davon bekam? Ich kramte in meiner Erinnerung die Angaben zusammen, die Sigrid mir über den Lurch erzählt hatte. Der Kerl schien mir einem Chamäleon nicht unähnlich. Er hatte in Laufe seines Lebens viele Wandlungen durchgemacht, verschiedenen politischen und auch esoterischen Gruppierungen angehört. Hier musste ich doch ansetzen können. Wenn ich an Rabenackers Stelle wäre, würde ich dann nicht versuchen, alte Kontakte wieder aufleben zu lassen? Genau das hatte der Lurch doch getan, als er sich an Sigrid gewandt hatte. Nach jahrelanger Funkstille war er plötzlich wieder bei ihr aufgetaucht. Und warum? Weil die Situation in der er steckte, nahezu aussichtslos war, darum. Rabenacker brauchte Hilfe und die würde er versuchen, sich zu beschaffen. In meinem Gehirn schien eine gigantische Flutlichtanlage eingeschaltet worden zu sein. Mein nächster Schritt lag hell erleuchtet vor mir. Ich musste noch einmal mit Sigrid reden. Vielleicht würde sie mir doch noch einige konkrete Hinweise geben können. Namen von Leuten etwa, die während ihrer Studienzeit gemeinsame Bekannte und Freunde von ihr und Stefan Rabenacker gewesen waren. Ich zückte mein Notizbuch und suchte die Nummer von Sigrids Ferienort heraus.

„Du? Na, das ist aber eine Überraschung!", begrüßte sie mich freudig. Es war nicht zu überhören, dass ihr der Urlaub gut tat. Dass ich sie bei unserem letzten Telefonat abgewürgt hatte, trug Sigrid mir offenbar nicht nach. Ein wenig mulmig war mir vor dem Gespräch schon gewesen, aber zu meiner Erleichterung ließ es sich besser an, als befürchtet.

„Ich hoffe, ich störe dich nicht", sagte ich, „aber ich brauche noch einige Informationen. Kannst du mir noch heute einige Namen und Plätze, die mit unserem gemeinsamen Freund in Verbindung stehen, simsen? Ich weiß, dass wir das alles bereits durchgegangen sind, aber vielleicht fällt dir doch noch etwas ein. Egal, wie lange es schon her ist, es könnte wichtig sein."

Ich wusste nicht, ob Botschaften per SMS genauso leicht abgehört oder abgefangen werden konnten wie Handygespräche, hoffte aber, dass dies nicht der Fall war.

„Mal sehen. Ich werde am Strand darüber nachdenken. Vielleicht fällt mir doch noch etwas ein, wenn ich entspannt unter dem Sonnenschirm liege. Ich finde allerdings, dass ich mich inzwischen genug erholt habe. Am Wochenende komme ich wieder zurück."

„Fein", log ich, während es mir eiskalt den Rücken hinunter lief. Wie sollte ich es schaffen, in dieser kurzen Zeit etwas auszurichten? Angestrengt Heiterkeit vortäuschend sagte ich:

„Na dann lass dir mal die grauen Zellen von der Meeresbrise ordentlich durchpusten. Ich erwarte deine SMS am Abend, Tschüss!"

Ich legte schnell auf, damit Sigrid nicht auf die Idee kam mich zu fragen, warum ich so darauf drängte, ihre Info per SMS und nicht im Gespräch mitgeteilt zu bekommen. Bei einer zweiten Tasse Kaffee kamen meine eigenen grauen Zellen so weit in Schwung, dass mir noch ein anderer Ansatz einfiel. Warum sollte ich mir nicht einmal den zuletzt bekannten Arbeitsplatz des Lurchs ansehen. Immerhin wusste ich doch jetzt den Firmennamen. Wenn es mir nicht gelingen sollte, mich unter irgendeinem Vorwand in den Geschäftsräumen der Firma umzusehen, konnte ich mir vielleicht wenigstens außerhalb des Gebäudes einen ersten Eindruck machen. Und wer konnte schon im Voraus wissen, ob das nicht reichen würde, dem Biebricher Cyborg genug Informationen zu geben, damit der sich mittels seiner elektronischen Hilfsmittel einen besseren Einblick verschaffen konnte?

Dieser ungeahnte geistige Höhenflug motivierte mich aufs Äußerste. Ich schluckte den Kaffee herunter und begab mich flugs in die Rheinstraße, zur zuletzt bekannten Arbeitsstätte des Lurchs. Da ich jetzt den Namen dieser Firma kannte und von Rabenacker wusste, dass sie ihren Sitz in der Nähe der Ringkirche hatte, stellte es kein Problem mehr für mich dar, sie ausfindig zu machen. Eine knappe Viertelstunde nach meinem eiligen Aufbruch stand ich vor der Jugendstilfassade eines Gebäudes, an der mehrere Schilder angebracht waren. Es handelte sich um einen mehrgeschossigen Altbau, etwa vier Stockwerke hoch. Auf den neben der schmalen, aber hohen zweiflügeligen Haustür, befanden sich links und rechts je drei Messingschilder mit so phantasievollen Firmennamen wie Brain Factory oder Happy Consult. Das mittlere Schild auf der rechten Seite verwies auf Rabenackers ehemaligen Brötchengeber, den Geschäftsführer Heinz Debessin und seine Firma Mulland Electronic Design. Deutsche Unternehmensbezeichnungen waren offensichtlich out of time. Ich wollte gerade auf einen der Klingelknöpfe drücken, um mir unter dem wenig originellen Vorwand, ich sei der Prospektausträger, Zugang in das Gebäude zu verschaffen, als mich mein Instinkt veranlasste, mich umzudrehen. Auf den ersten Blick konnte ich nichts Ungewöhnliches entdecken. Einige

Passanten, Autos, die die Rheinstraße entlang fuhren, ein Hund, der sich an einer Platane auf dem zwischen den Fahrbahnen befindlichen Fußgängerstreifen erleichterte – nichts, was Anlass zur Beunruhigung gab. Dann blieb mein Blick jedoch an einer blonden Frau um die dreißig hängen. Sie stand etwa zehn Meter von mir entfernt auf derselben Straßenseite wie ich, hielt ein Handy in der Hand und sprach hinein. Was sie sagte, konnte ich nicht verstehen, aber das erschien mir auch unwichtig. Irgendetwas sagte mir, dass die Frau mich beobachtet hatte und nun, nachdem ich mich zu ihr umgedreht hatte, nur so tat, als würde sie telefonieren. Ich war unschlüssig, wie ich mich nun verhalten sollte. Zu ihr hingehen und sie mit meinem Verdacht konfrontieren? Ich hatte keinerlei Beweis. Sie konnte alles abstreiten und mich wie einen kompletten Idioten aussehen lassen. Schlimmer, sie konnte es so darstellen, als würde ich sie belästigen und mich in eine höchst unangenehme Lage bringen. Ich beschloss, die Sache auf sich beruhen zu lassen und wandte mich wieder dem Klingelbrett zu.

„Suchen sie hier jemand Bestimmten?"

Ohne dass ich es bemerkt hatte, war die Frau zu mir herangetreten.

Ich versuchte, mir meine Überraschung nicht anmerken zu lassen und entgegnete kühl: „Ich wüsste nicht, was sie das angeht. Warum fragen Sie?"

„Reine Neugier." Ihr Lächeln war entwaffnend. „Vielleicht kann ich Ihnen ja helfen", fügte sie hinzu.

„Wissen Sie denn, wer hier alles wohnt?" So leicht wollte ich es ihr nicht machen.

„Nun, wenn ich Ihnen nicht helfen kann", ignorierte sie meine Frage. „Ich muss jetzt weiter."

„Warten Sie", sagte ich und nahm meinen Mut zusammen. „Warum haben Sie mich beobachtet?"

„Wie bitte?" Ihr Blick wurde stechend. „Was unterstellen Sie mir da?"

„Nichts", ruderte ich zurück und wandte mich ab, damit sie nicht sah, wie mein Kopf immer röter wurde. Als ich wieder in ihre Richtung sah, war sie bereits weitergegangen. Die Blondine entschwand meinem Blickfeld, ohne sich noch einmal nach mir umzudrehen. Sicher, ich hatte Zweifel, ob meine Einschätzung, dass sie mich beobachtet hatte, zutraf. Ein Irrtum war möglich, aber mein Gefühl sagte mir, dass mein Argwohn sehr wohl berechtigt war. Die Frau hatte in ihr Handy gesprochen, als ich mich nach ihr umgedreht hatte. Aber wer benutzte heutzutage noch ein Handy allein zum Telefonieren? Dank der integrierten Kamera ließ sich mit diesen Apparaten gut fotografieren und filmen. Dieser Gedanke jagte mir einen Schauer über den Rücken. Die Lust, mir unter einem Vorwand Zugang in das Haus und damit zu Mulland Electronic Design zu verschaffen, war mir für heute gründlich vergangen. Ich trollte mich von dannen und vergrub meine Hände in die Jackentaschen. Dadurch bemerkte ich den Vibrationsalarm, mit dem mein Handy mir den Erhalt einer SMS meldete. Sigrid hatte mir das Ergebnis ihres Nachdenkens über die früheren Aufenthaltsorte des Lurchs übermittelt. Ganz oben auf ihrer Liste fand sich der Name eines Instituts für angewandte Esoterik, das von einer Tanja König betrieben wurde. Dann folgte nichts mehr. Die Aufstellung war damit bereits zu Ende. Ich hegte den starken Verdacht, dass das Urlaubsklima sich nicht gerade förderlich auf das Denkvermögen meiner sonst so alerten Auftraggeberin auswirkte. Wenigstens hatte Sigrids momentane geistige Verfassung noch ausgereicht, mir nicht nur die Adresse dieses Instituts zu übermitteln, sondern auch einige Informationen über deren Seminarprogramme hinzuzufügen. Das Esoterik-Unternehmen befand sich in einer der Villen in einer Seitenstraße der Biebricher Allee. Ich rief unverzüglich dort an, heuchelte Interesse für eines der Seminarangebote, die mich angeblich meinem Quell innerer Weisheit näherbringen sollten und konnte sogar noch einen Termin für den heutigen Tag vereinbaren. Pünktlich zur verabredeten Uhrzeit erschien ich auf der Bildfläche. Der Zugang zum Villengrundstück wurde von einem hohen schmiedeeisernen Tor versperrt. Ein aus zugespitzten Eisenstangen bestehender Zaun diente zusammen mit dem Tor als Schutz vor ungebetenen Gästen. Ich ging einige Meter an der Umzäunung entlang und kehrte wieder zum Tor zurück. Dort drückte ich auf die Klingel, worauf mir geöffnet wurde. Ich betrat das Innere der Villa, in deren Räume die Dielenböden abgeschliffen und mit Öl und Wachs behandelt worden waren. Die mit Raufaser tapezierten und weiß gestrichenen Wände waren größtenteils kahl. Nur hin und wider sah ich eine schlicht gerahmte Lithografie oder eine Fotografie.

„Kommen Sie bitte hier herein", forderte mich eine weibliche Stimme auf. Ich folgte ihrem Klang und erreichte ein Zimmer, in dem vermutlich die Anmeldungen und sonstigen Formalitäten abgewickelt wurden. Hinter einem Schreibtisch saß eine dunkelhaarige Frau mit Helmfrisur, deren Alter schwer einzuschätzen war. Sie konnte ebensogut in den Dreißigern wie in ihren fünfziger Jahren sein. Das Namensschild auf ihrem Schreibtisch wies sie als Frau Kralle aus. Sie musterte mich kurz und kam gleich zur Sache.

„Sie interessieren sich für unser Kursangebot? Haben Sie sich bereits für ein Seminar entschieden oder wollen Sie zuerst nur den Schnupperkurs wahrnehmen?" Die Frau zückte einen Kugelschreiber und griff sich ein Formular von dem Stapel auf ihrem Schreibtisch. Ich vermutete, dass ein Großteil des Umsatzes in diesem Institut damit erzielt wurde, dass Klienten durch das forsche Vorgehen der Empfangsdame zu einem vorschnellen Abschluss gedrängt wurden.

„Arbeitet Herr Rabenacker noch hier?", fragte ich.

„Herr Rabenacker?", Frau Kralle legte die Stirn in Falten. „Der Name sagt mir nichts. Das war wohl vor meiner Zeit."

„Vielleicht kann mir ihr Chef helfen", sagte ich. „Ist er zu sprechen?"

„Mein Chef ist Frau König", erwiderte die Empfangsdame kühl, wobei sie die Worte Chef und Frau besonders betonte. „Wie heißen Sie eigentlich und was wollen Sie genau ... Herr Westmann, kann ich Ihnen helfen?" Die letzte Frage war offensichtlich nicht an mich gerichtet. Ich drehte mich um und betrachtete den Adressat. Der Mann war etwa so groß wie ich und hatte braune, zur Seite gescheitelte Haare. Sein Gesicht war schmal und das auffälligste darin war sein linkes Augenlid, das unkontrolliert zuckte. Offensichtlich ein Nervenleiden.

„I-Ich suche die T-Toilette", stotterte er.

„Den Gang durch und dann hinten links", antwortete die Frau. Und zumindest nicht für die Ohren desjenigen, den es betraf, bestimmt, fügte sie hinzu: „Das habe ich ihm doch vorhin schon mal erklärt. Möchte wissen, wo der seinen Kopf hat."

Westmann schlenderte davon und die Frau vom Empfang wandte sich wieder mir zu, wohl in der Absicht, mir den finalen Rausschmiss zu geben. In diesem Moment betrat eine zweite Dame das Zimmer. Sie mochte Anfang vierzig sein, hatte dunkelblondes mittellanges Haar und trug ein schlichtes, aber qualitativ hochwertiges Kostüm. Ihr Auftreten und ihre Körpersprache ließen keinen Zweifel daran, um wen es sich handelte. Ich trat einen Schritt vor und streckte ihr die Hand entgegen.

„Guten Tag, Frau König", sagte ich schnell. „Mein Name ist Strecker. Es geht um einen früheren Mitarbeiter von Ihnen, Stefan Rabenacker. Er wird vermisst."

Die Frau vom Empfang protestierte wütend gegen meine Überrumpelungstaktik, aber Frau König bedeutete ihr mit einer Geste zu schweigen.

„Und was kann ich in dieser Angelegenheit tun, Herr Strecker. Sind Sie von der Polizei?"

„Nein", antwortete ich ehrlich. „Eine gemeinsame Bekannte von uns, Sigrid Beck, hat mich gebeten, für sie zu ermitteln."

„Ja, die kenne ich", sagte Frau König und schenkte mir ein Lächeln. „Betreibt sie immer noch ihr Fotostudio in Taunusstein?"

„Ganz recht". Ich gratulierte mir still zu meiner guten Beobachtungsgabe, die mich Sigrids Signatur auf einigen der Fotografien an den Wänden hatte erkennen lassen. Dass Tanja König zu ihren Kundinnen zählte, war meiner Auftraggeberin unter dem Einfluss der Mittelmeersonne wohl auch entfallen.

Frau Königs Ton wurde augenblicklich um einige Grad wärmer. „Kommen Sie, gehen wir in mein Büro."

Ich folgte der Chefin des Instituts, eine frustriert dreinschauende Angestellte zurücklassend.

Im Büro angekommen, bedeutete mir Frau König, Platz zu nehmen. „Möchten Sie vielleicht auch einen Kaffee? Es ist zwar schon spät, aber ich kann jetzt einen gebrauchen."

„Gern", erwiderte ich.

Sie drückte einen Knopf der Gegensprechanlage auf ihrem Schreibtisch. „Frau Kralle, würden Sie uns bitte zwei Tassen Kaffee bringen?"

„Kommt sofort, Frau König", ertönte Frau Kralles Stimme aus dem Lautsprecher. Eine Stimme, der trotz der elektronischen Verzerrung deutlich anzuhören war, dass ihre Eigentümerin kurz davor war zu platzen.

„Wie geht es Sigrid?", fragte Frau König.

„Ganz gut zurzeit", antwortete ich. „Sie macht gerade Urlaub am Mittelmeer."

Frau Kralle brachte den Kaffee. Sie stellte das Tablett auf den Tisch, wobei sie es tunlichst vermied, mich anzusehen und verließ das Büro in einem Tempo, als wäre sie auf der Flucht. „Was Stefan Rabenacker betrifft", beendete Frau König den Smalltalk und kam auf den eigentlichen Grund meines Besuchs zu sprechen, „werde ich Ihnen kaum weiterhelfen können. Es ist bereits einige Jahre her, dass er für mich gearbeitet hat."

Sie nahm einen Schluck Kaffee, ehe sie weitersprach. „Er half Frau Beck beim Aufhängen der Bilder. Wir kamen ins Gespräch und Herr Rabenacker erwähnte, dass er Reiki-Meister sei. Er hat dann in meinem Institut einen Kurs geleitet. Danach habe ich die Zusammenarbeit beendet."

„Warum?"

„Nun", sie lächelte hintergründig und trank einen weiteren Schluck. „Er schien mir für die Aufgabe doch nicht so geeignet."

„Ich verstehe", sagte ich und trank ebenfalls. „Und hat er sich seitdem noch einmal gemeldet?"

„Nein."

„Welche Adresse hatte Rabenacker bei Ihnen angegeben?", fragte ich.

„Da müsste ich nachfragen", erwiderte die Chefin und drückte einen Knopf auf Ihrer Sprechanlage.

„Frau Kralle? Suchen Sie Herrn Strecker doch bitte die Daten von Herrn Rabenacker aus dem Personalordner heraus."

Frau Kralle fing langsam an, mir leid zu tun.

„Kann ich sonst noch etwas für Sie tun?", fragte Frau König, wobei sie aufstand; für mich ein untrügliches Zeichen, dass ich ihre Geduld besser nicht weiter strapazierte.

„Nein, vielen Dank, Sie haben mir sehr geholfen", antwortete ich artig.

„Dann auf Wiedersehen und grüßen Sie Sigrid von mir", sagte sie und begleitete mich zur Tür.

Bevor ich das Institut verließ, warf ich noch einen Blick auf Rabenackers Personalakte, die mir eine mürrisch dreinblickende Frau Kralle herausgesucht hatte. Die dort eingetragene Adresse war dieselbe, die ich bereits kannte. Ich bedankte mich bei der Empfangsdame, wobei ich genausogut gegen eine Wand hätte reden können und ging Richtung Ausgang.

„W-Wollen Sie sich auch hier anmelden?"

Ich hatte Herrn Westmann gar nicht bemerkt. Er war so urplötzlich neben mir aufgetaucht, dass ich vor Schreck zusammenzuckte.

„Anmelden, für was denn?"

„Na, für den Sch-Schnupperkurs."

„Vielleicht", antwortete ich unbestimmt. „Ich bin mir noch nicht schlüssig."

„Ich auch nicht", sagte Westmann, wobei sein Augenlid heftig zuckte. „Deswegen habe ich ja auch den Sch-Schnupperkurs belegt."

Mein ungebetener Begleiter schien in Redelaune zu sein, aber ich war nicht in der Stimmung, mich vollquatschen zu lassen, darum sagte ich nichts. Wir waren ohnehin am Grundstückstor angelangt. Ich blieb stehen und kramte in meiner Jackentasche, um Westmann Gelegenheit zu geben, sich davon zu machen. Sobald er sich einige Schritte von mir entfernt hatte, würde ich die andere Richtung nehmen.

„Ich heiße übrigens K-Klaus."

„Aha", sagte ich, weiterhin angestrengt in meiner Tasche wühlend, ohne aufzusehen. Verbrüderung. Das hatte mir gerade noch gefehlt. Warum verschwand der Kerl nicht einfach?

„Bist du auch so vergesslich wie ich? Ich suche auch dauernd etwas."

Nicht darauf eingehen, Strecker, dachte ich. Der textet dich sonst erbarmungslos zu.

„Tja, also dann ... Ciao." Endlich gab Westmann auf und trollte sich. Ich blickte ihm einige Sekunden nach und drehte mich um. Als ich nach vorne blickte, fragte ich mich, ob ich nicht vom Regen in die Traufe geraten war, und besser doch von Westmanns Gesellschaft Gebrauch gemacht hätte.

„Was haben Sie denn hier zu suchen?", blaffte mich eine hochgewachsene Blondine an. Es war dieselbe, mit der ich bereits vor Rabenackers zuletzt bekannter Arbeitsstätte in der Rheinstraße aneinandergeraten war.

„Laufen Sie mir etwa nach?", setzte sie hinzu.

Diesmal verschlug es mir nicht die Sprache. Schwer zu sagen, woran es lag, aber diese Frau wirkte auf mich wie das sprichwörtliche rote Tuch.

„Ich Ihnen nachlaufen?", schlug ich zurück. „Wohl eher umgekehrt. Schließlich war ich zuerst hier!"

„Tatsächlich?", sagte sie, während sich ihr Mund zu einem spöttischen Lächeln verzog. „Und was wollten Sie hier, wenn ich fragen darf?"

„Das geht Sie überhaupt nichts an", versetzte ich. „Was wollten Sie denn hier?"

Ihr Gesicht verzerrte sich zu einer wütenden Grimasse. „Ich warne Sie. Gehen Sie mir gefälligst aus dem Weg, bevor ich überall herumposaune, dass Sie mich belästigen."

Jetzt verschlug es mir doch die Sprache. Wütend drehte ich mich auf dem Absatz um und stampfte davon. Dann folgte ich einem neugierigen Impuls und drehte mich noch einmal in ihre Richtung. Ich konnte gerade noch sehen, wie die Blondine das Villengrundstück betrat. Bevor das Tor zufiel, huschte Klaus Westmann noch hindurch. Wahrscheinlich hatte er wieder einmal etwas vergessen. Von Ferne näherte sich ein Bus, der in die Innenstadt fuhr. Ich beeilte mich, rechtzeitig die nächste Haltestelle zu erreichen.

Nachdem der erste Ärger verflogen war, sagte ich mir, dass diese Begegnung auch ihr Gutes gehabt hatte. Ich wusste jetzt immerhin, wo die Frau, die nun schon zum zweiten Mal meinen Weg gekreuzt hatte, sich zurzeit aufhielt. Ich konnte mich also noch einmal daran machen, Rabenackers letzten Arbeitgeber aufzusuchen, ohne fürchten zu müssen, erneut von dieser unverschämten Person beobachtet zu werden. Es ging zwar schon auf Abend zu, aber wenn ich viel Glück hatte, hielt sich doch noch jemand bei Mulland Electronic auf, den ich dort antreffen und der mir vielleicht einige Informationen geben konnte.

Kapitel 8

Ich hatte Glück und musste mich nicht einmal als Prospektausträger ausgeben, um in das Gebäude zu gelangen. Gerade als ich einen beliebigen Klingelknopf drücken wollte, wurde die Haustür von innen geöffnet. Eine Frau mit einem Kinderwagen war dabei, das Haus zu verlassen. Ich hielt ihr die Tür auf und erkundigte mich, in welchem Stockwerk sich die Firma Mulland Electronic Design befand.

„Dritter Stock", lautete die schlichte Antwort. Ich bedankte mich und stieg die Stufen in dem frisch renovierten Treppenhaus hinauf. Die Zeit, die mir bis zum Erreichen des Firmeneingangs blieb, wollte ich dazu nutzen, um mir einen groben Schlachtplan auszudenken. Aber auf einmal kamen mir alle möglichen Bedenken. Was würde mich bei Mulland erwarten? War ich nicht gerade dabei, mich selbst in die Höhle des Löwen zu begeben und das ohne irgendeine Rückendeckung? Immerhin hatte ich gewichtigen Grund zu der Annahme, dass der Killer, der mir folgte und bereits vier Morde auf dem Gewissen hatte, in den Diensten eben der Firma stand, die ich gerade im Begriff war, aufzusuchen. Diese Erkenntnis kam spät, aber glücklicherweise nicht zu spät. Bis zum Eingang von Mulland Electronic war es noch ein halbes Stockwerk. Ich zückte mein Handy und betete, dass Maschine sich nicht gerade ins Nirwana gekifft hatte.

„Ja, wer spricht?"

Beinahe hätte ich die leise Frage des Cyborgs überhört, so laut klopfte mein Herz. „Ich bin es", raunte ich in den Apparat. „Hör zu. Ich werde gleich wieder auflegen und dich in einer halben Stunde zurückrufen, um dir zu sagen, dass alles in Ordnung ist. Nein, stell jetzt keine Fragen und lass mich ausreden. Wenn ich mich in dreißig Minuten nicht wieder gemeldet habe, rufst du Le Meur an und schickst ihn mit einer Hundertschaft in die Rheinstraße zu Mulland Electronic Design. Hast du das verstanden?"

„Kein Wort davon", antwortete der Cyborg. „Aber ich werde trotzdem tun, was du verlangst. Viel Glück und pass auf dich auf, Alter."

„Wollten Sie zu mir, junger Mann?"

Auf dem Treppenabsatz über mir stand ein untersetzter Mann in der zweiten Fünfzigerhälfte. Er hatte schütteres, nach hinten gekämmtes graues Haar und trug eine schwarze Anzughose sowie ein weißes Hemd, dessen Ärmel hochgekrempelt waren. „Mir war so, als hätten Sie unseren Firmennamen erwähnt."

Alles was recht war. Der Mann musste über ein ausgezeichnetes Gehör verfügen, wenn er mein Geflüster hatte verstehen können. Was soll's, dachte ich. Wenn der Kerl zu Mulland gehörte, wusste er jetzt, dass ich nicht ohne Rückendeckung bei ihm aufgetaucht war. Ob er tatsächlich alles mitangehört hatte? Es war müßig, darüber nachzugrübeln. Lieber fiel ich mal wieder gleich mit der Tür ins Haus: „Ich wollte mich nach Stefan Rabenacker erkundigen", sagte ich. „Er hat doch bis vor kurzem bei Ihnen gearbeitet, oder?"

„Debessin, mein Name", sagte der Mann, machte einen Schritt auf mich zu und streckte mir die Hand entgegen. Dabei verzog sich sein Mund zu einem schmallippigen Lächeln.

„Wir wollen doch die Höflichkeit nicht außer acht lassen. Ich bin der Geschäftsführer von Mulland Electronic Design, kurz MED. Wie war nochmal Ihr Name?"

„Strecker", murmelte ich, beschämt und verärgert darüber, derart vorgeführt zu werden.

Ich folgte Debessin in seine Geschäftsräume. Wir waren allein. Die übrigen Angestellten, wenn es denn welche gab, hatten anscheinend bereits Feierabend. Wie bei den Wiesbadener Altbauten üblich, die noch nicht einer kostensparenden 08/15 Renovierung zum Opfer gefallen waren, gab es auch hier hohe Zimmerdecken, die mit Stuck verziert waren. An den Wänden standen Regale und Aktenschränke. Eine der Schubladen war herausgezogen und gab den Blick auf eine Hängeregistratur frei. Debessin bemerkte meine Neugier und schob die Lade zu. Dann ging er zu einem von drei Schreibtischen, die hier untergebracht waren, wühlte darauf herum und förderte eine Schachtel Streichhölzer zutage.

„Wie war doch gleich der Name von Ihrem Freund?", fragte er und steckte sich einen Zigarillo zwischen die Lippen.

„Stefan Rabenacker", wiederholte ich ruhig. „Und er ist nicht mein Freund", fügte ich eine Spur aufgeregter hinzu. Ich war mir sicher, dass Debessin genau wusste, von wem die Rede war, er aber Zeit gewinnen wollte, um sich eine Strategie zurechtzulegen.

„Ach ja, richtig", sagte er und steckte den Zigarillo in Brand. "Ich erinnere mich", setzte er hinzu und stieß eine Rauchwolke aus. „Merkwürdiger Kerl. Wie soll ich sagen. Leider war er für die Arbeit hier nicht sehr geeignet. Wir mussten uns von ihm trennen. Warum fragen Sie nach ihm?"

Ich ignorierte die Frage. „Wieso waren Sie nicht zufrieden mit ihm?"

Debessin nahm einen erneuten Zug. Er gab sich keine Mühe, den Rauch nicht in meine Richtung zu pusten. „Tut mir leid, das sagen zu müssen", meinte er, „aber Ihr Freund war ein wenig unverschämt. Er überschritt seine Kompetenzen und mischte sich in Dinge ein, die ihn nichts angingen."

„Welche Dinge?", hakte ich nach.

„Firmeninterna", lautete Debessins knappe Antwort. Er zog wieder an seinem Rillo. Seine Körpersprache zeigte unmissverständlich, dass er sich nicht weiter über dieses Thema auslassen würde.

„Sagt Ihnen der Name Sugar etwas?"

Ein Muskel zuckte in seiner Wange, aber sonst blieb der Geschäftsführer cool. Bedächtig streifte er die Asche am Rand eines Aschenbechers ab. „Sugar?", murmelte er und zog die Stirn kraus, als würde er angestrengt nachdenken.

„Nie gehört. Wer soll das sein, vielleicht eine Prostituierte? Ich besuche keine Bars oder Lokalitäten dieser Art."

Ich musste innerlich grinsen. Natürlich glaubte ich ihm kein Wort, aber der Mann hatte es einfach gut drauf, den Dummen zu spielen. Aus Debessin wäre sicher auch ein guter Schauspieler geworden. Allerdings hatte er mich auf einen Gedanken gebracht. Bisher war ich immer davon ausgegangen, es mit einem Mann als Killer zu tun zu haben. Dafür hatte vor allem die Brutalität der Morde gesprochen. Aber wer sagte denn, dass es sich nicht doch ebensogut um eine Frau handeln konnte? Ausnahmen gab es schließlich überall und bisher hatte es stets geheißen, dass zwar die überwiegende Anzahl derart verübter Morde von Männern verübt wurde, aber eben nicht alle. Und wenn ich an die Blondine, die mir heute bereits zweimal über den Weg gelaufen war, dachte, und mir vor allem ihre Kaltschnäuzigkeit in Erinnerung rief und dies dann noch mit dem eigenartigen Decknamen Sugar verband, so ergab das für mich ein stimmiges Bild.

„Sagen Sie, Herr Strecker", unterbrach Debessin meinen Gedankengang, „hatte Rabenacker nicht Kontakt zu einer Fotografin?"

„Nicht dass ich wüsste", entgegnete ich in einem wenig überzeugenden Ton.

„Wirklich?", hakte der Geschäftsführer von MED nach. „Schade, ich hätte da vielleicht einen größeren Auftrag für sie."

Nicht mit mir, dachte ich. Den Köder würde ich nicht schlucken. Meine Antwort beschränkte sich auf ein gleichgültiges: „Aha." Aber Debessin hatte heute entweder seinen spendablen Tag oder war sich plötzlich seiner sozialen Verantwortung als Arbeitgeber bewusst geworden. Sein nächstes Angebot haute mich jedenfalls fast aus den Latschen.

„Hätten Sie vielleicht Lust, nebenher etwas Geld zu verdienen?", fragte er mich plötzlich. „Ihr guter Freund Rabenacker hat ja leider das Handtuch geschmissen, aber die Registratur muss dringend auf den neuesten Stand gebracht werden. Wie wäre es mit zehn Euro die Stunde? Die Arbeit ist nicht allzu schwer." Debessin zückte ein Feuerzeug und setzte seinen erkalteten Zigarillo erneut in Brand.

„Ich dachte, Sie hätten Rabenacker selbst gekündigt", bemerkte ich trocken und sah dem Geschäftsführer direkt ins Gesicht.

„Kommt darauf an, wie Sie es sehen wollen", versetzte Debessin ungerührt und starrte auf die Glut seines Zigarillos. „Sicher habe ich die Kündigung ausgesprochen, aber Ihr Freund hat mir zuvor durch sein Verhalten deutlich zu verstehen gegeben, dass er an einer Fortsetzung seiner Mitarbeit hier nicht mehr interessiert war."

„Er ist nicht mein Freund", sagte ich knapp und eine Spur zu aufgeregt. „Hatte ich das nicht bereits erwähnt?"

Debessin ignorierte meinen Einwand. „Wie ist es denn nun mit dem Job?", fragte er. „Sind Sie interessiert? Was machen Sie eigentlich sonst so, wenn Sie nicht gerade Detektiv spielen? Beruflich, meine ich."

„Ich studiere noch", antwortete ich. Das war nicht einmal gelogen. Dank Maschines Computermanipulation war ich offiziell an der Wiesbadener Fachhochschule immatrikuliert.

Debessin verzog das Gesicht. „Sind Sie dafür nicht schon ein bisschen zu alt?"

„Meines Wissens gibt es für Studiengänge noch keine Altersbeschränkung", entgegnete ich kühl.

Debessin bewies einmal mehr seine Fähigkeit, gefährliches Terrain zu umschiffen. Er zauberte ein charmantes Lächeln oder was immer er dafür hielt, auf seine Visage und drohte mir scherzhaft mit dem Finger. „Sie sagen mir nicht alles, junger Freund, aber ich nehme es Ihnen nicht übel. Also noch einmal. Wie ist es nun mit dem Job? Als Student müsste Ihnen ein kleiner Nebenverdienst doch sehr gelegen kommen."

„Gut", sagte ich. „Wann soll ich anfangen?"

„Wie wäre es mit morgen um die gleiche Zeit? Ich denke, dreimal nachmittags in der Woche zwei Stunden sollten reichen."

„Einverstanden", sagte ich. „Also zwischen fünfzehn und siebzehn Uhr."

Debessin nickte. „Sehr schön. Um diese Zeit ist der Bürobetrieb größtenteils vorbei und Sie können ungestört arbeiten. Dann bis morgen." Er verpasste mir einen kräftigen Händedruck und begleitete mich zur Tür.

Während ich mich Richtung Westend bewegte, tauchten in meinem Gehirn alle möglichen Fragen auf, die dringend nach Antwort verlangten. War es wirklich klug gewesen, den mir von Debessin offerierten Job anzunehmen? Antwort Eins, die naheliegende, lautete eindeutig: Ja. Ich bekam Zugang zur Höhle des Löwen und brauchte mir diesen noch nicht einmal zu erschleichen. Hier kam allerdings bereits die bei näherem Licht betrachtete Antwort Zwei ins Spiel, die da lautete: Nein, es war völlig unklug, diesen Job anzunehmen und sich dem lauernden Löwen damit quasi freiwillig zum Fraß vorzuwerfen. Hier ging es um mehrfachen Mord und ich war als Mitwisser und lästiger Zeuge längst bekannt. Mein alter Freund Le Meur würde alles andere als begeistert sein, wenn er von meiner neuesten Eskapade erfuhr, aber ich musste ihm ja nicht alles auf die Nase binden.

Am nächsten Tag ging ich noch einmal zu Tanja Königs Institut in der Biebricher Allee. Leider war die Chefin selbst nicht anwesend und so musste ich mich notgedrungen an ihre Sekretärin wenden. Frau Kralle genoss es sichtlich, mich mit meinen Fragen abblitzen zu lassen. Wann die Chefin wiederkomme, nein, das könne sie mir beim besten Willen nicht sagen. Wo sie hingegangen sei, also wirklich, das war doch nun zumindest sehr fraglich, ob es Frau König recht wäre, dass ihre Sekretärin das jedem X-Beliebigen gegenüber ausplaudere. Ob ich denn wirklich glaubte, dass mich das etwas anginge? und so weiter und so fort. Natürlich scheiterte ich auch mit meinem eigentlichen Ansinnen, nämlich die Adresse Klaus Westmanns in Erfahrung zu bringen. Für Frau Kralle verbot es sich selbstverständlich schon allein aus Gründen des Datenschutzes, mir in dieser Angelegenheit behilflich zu sein. Um ihrer Empörung entsprechend Ausdruck zu verleihen, schraubte Frau Kralle ihre Stimme in schmerzhafte Höhen. Langsam hatte ich genug von ihrem Theater.

„Wann der nächste Abend für die Teilnehmer des laufenden Schnupperkurses stattfindet, werden Sie mir aber wohl noch sagen dürfen", ätzte ich.

„Das ist überhaupt kein Geheimnis", blaffte sie zurück. „Die Termine können Sie jederzeit dem Aushang am Schwarzen Brett entnehmen."

Ohne mich zu verabschieden drehte ich mich auf dem Absatz um und machte mich daran, die Aushänge zu studieren. Ich hatte Glück. Entgegen meiner Befürchtung fand der Schnupperkurs nicht nur jede Woche einmal sondern an drei aufeinanderfolgenden Tagen statt. Ich brauchte also nur später am Tag noch einmal hier vorbeizuschauen, um Westmann anzutreffen - wenn er denn kam. Mein Wunsch, die Quasselstrippe wiederzusehen, entsprang nicht etwa plötzlicher Sympathie oder akut auftretender geistiger Umnachtung. Ich wollte ihn lediglich fragen, ob er gestern mitbekommen hatte, warum die mysteriöse Blondine im Institut aufgetaucht war.

Mein Magen vermeldete schlagartig Hunger und ich beschloss, noch schnell in meiner Wohnung einen Happen zu essen, bevor ich mich wieder zum Schnupperkurs einfinden würde. Auguste hatte eine Nachricht auf meinem Anrufbeantworter hinterlassen. Ich ignorierte tunlichst seine Bitte, ihn zurückzurufen. Wahrscheinlich witterte er Unrat oder hatte ganz konkret auf irgendeine Weise von meiner neuen Tätigkeit als Hilfskraft bei Mulland Electronic Design erfahren. Seine Fähigkeit, mich bei Dingen zu ertappen, die ich lieber vor ihm geheim halten wollte, ließ mir Jelzin beinahe unheimlich vorkommen. Ich sah auf die Uhr und ging in Gedanken die Busverbindungen zwischen Taunusstein und Wiesbaden durch. Ich würde mich ganz schön beeilen müssen, wenn ich pünktlich zu Beginn des Schnupperkurses wieder in Wiesbaden sein wollte, aber dieser Stress schien mir nichts im Vergleich zu dem was mich erwartete, wenn Jelzin mich hier erwischte. Also machte ich mich auf die Socken und fuhr zu Sigrids Wohnung. Von dort aus konnte ich auch in Ruhe mit Maschine telefonieren.

„Eine Wanze?" Ich konnte förmlich hören, wie der Cyborg das Gesicht verzog. „Willst du es dir mit unserem französischen Freund völlig verderben?"

„Er braucht ... "

„ ... es ja nicht zu erfahren", vollendete Maschine meinen Satz. „Natürlich nicht. Sag mal, wofür hältst du mich eigentlich? Meinst du vielleicht ausgerechnet ich würde Jelzin auf die Nase binden, was du wieder mal anstellst? Auguste könnte sich doch an allen drei Fingern seiner kaputten Hand abzählen, woher das Gerät kommt. Außerdem, wer hat ihm denn gleich auf die Nase binden müssen, wer dir die Waffe besorgt hat?"

„Heißt das, ich kriege das Gerät?", fragte ich hoffnungsvoll.

„Natürlich nicht", kam es kalt aus dem Hörer zurück. „Ich sagte schließlich würde und könnte. Meinst du, der Krach wegen der Pistole hätte mir nicht gereicht?"

Bevor ich darauf noch etwas erwidern konnte, hatte Maschine aufgelegt. Ich legte meinerseits den Hörer auf die Gabel und lehnte mich frustriert zurück. Er hatte ja recht. Es war schon eine Zumutung gewesen, was ich von ihm verlangt hatte. Nach allem, was bisher passiert war, täte ich vielleicht wirklich gut daran, eine Spur leiser zu treten. Es wäre nur zu schön gewesen, Debessin bei seinen schmutzigen Geschäften zuhören und ihn anschließend damit konfrontieren zu können.

Ich war so in meine Überlegung vertieft, dass ich gar nicht mitbekam, wie die Wohnungstür geöffnet wurde. Plötzlich nahm ich aus dem Augenwinkel eine Bewegung wahr. Instinktiv machte ich eine Rolle rückwärts und ließ mich über die Sessellehne nach hinten auf den Teppich fallen. Die zu Fäusten geballten Hände vor meine Brust gestreckt, starrte ich mit weit aufgerissenen Augen auf – Sigrid.

„Wirklich, Tim. Ich bin beeindruckt", sagte meine Auftrag- und Brötchengeberin, wobei sie spöttisch grinste. „Wolltest du mir mit der Nummer imponieren, oder bist du einfach paranoid?"

„Eher Letzteres, aber nicht ohne Grund", entgegnete ich. „Setz dich doch", bot ich ihr großzügig einen Platz in ihrer eigenen Wohnung an. „Du hast ja keine Ahnung, was sich hier in letzter Zeit abgespielt hat."

„Was nicht zuletzt daran liegt, dass mich ein gewisser Tim Strecker bewusst im Unklaren gelassen und versucht hat, mich im Ausland aufs Abstellgleis zu schieben."

Ich setzte meinen Dackelblick auf und hoffte, damit durchzukommen. War aber nichts. Es war offensichtlich, dass Sigrid auf einer Erklärung bestand.

„Also gut, es stimmt. Ich wollte dich aus der Schusslinie haben. Im wahrsten Sinne des Wortes."

„Was ist passiert? Bitte die Uncut-Version, also ohne Schnitte. Und überhaupt, bekomme ich keinen Kaffee zur Begrüßung?"

Ich setzte Kaffee auf und erzählte Sigrid alles, was sich hier während ihres Urlaubs abgespielt hatte. Ich berichtete ihr von meinem Verdacht, dass der Killer, der mir auf den Fersen war, es auch auf sie abgesehen haben könnte und erwähnte die junge Frau, der ich bereits zweimal unter merkwürdigen Begleitumständen begegnet war. Auch über mein Treffen mit dem Lurch und davon, wie ich ihn wieder verloren hatte, berichtete ich.

„Hast du irgendeine Ahnung, wer dieser Killer sein könnte?", fragte sie.

„Nein", sagte ich, „aber die Frau, die mir über den Weg gelaufen ist, scheint mir verdächtig."

„Inwiefern?"

„Ich glaube, sie hat versucht mich zu fotografieren, als ich Rabenackers letzte Arbeitsstätte aufgesucht habe."

„Verstehe." Sigrid blickte besorgt drein, was mir zugegebenermaßen schmeichelte. Ich holte den Kaffee und goss uns ein.

„Was hast du jetzt vor?"

„Ich wollte noch einmal zu dem Institut von Frau König, wo ich die Blondine zum letzten Mal gesehen habe", sagte ich. „Wenn ich Glück habe, treffe ich da jemanden, der mir sagen kann, was sie dort wollte. Anschließend trete ich meine neue Stelle bei Mulland Electronic Design an. Gewissermaßen als Nachfolger für die dort ausgefallene Hilfskraft Stefan Rabenacker." Sigrid schaute mich an, als hätte ich den Verstand verloren. „Bist du lebensmüde oder bloß wahnsinnig geworden?", fragte sie.

„Keins von beiden", erwiderte ich. Zugegeben, anfangs dachte ich auch, dass es zu gefährlich sei, aber inzwischen glaube ich, dass Debessin eher daran interessiert ist, mich von der Harmlosigkeit seines Unternehmens zu überzeugen. Ich vermute, dass er glaubt, mich einwickeln zu können."

„Hoffen wir, dass du recht hast", sagte Sigrid und griff nach ihrer Handtasche. „Ich begleite dich zu Tanjas Institut."

„Nicht doch", wehrte ich ab. „Vielleicht hat Sugar ja noch keine Ahnung, was du mit diesem Fall zu tun hast. Aber wenn er uns zusammen sieht, bringt es dich unnötig in Gefahr."

„Sei nicht albern", erwiderte sie. „Immerhin war ich es, die dir diesen Fall und damit auch den Mörder eingebrockt hat. Da ist es selbstverständlich, dass ich das Risiko mit dir teile." Sprach's, kippte den Rest ihres Kaffees herunter und setzte die Tasse eine Spur zu hart auf der Tischplatte auf. Inzwischen kannte ich Sigrid gut genug um zu wissen, wann es keinen Sinn hatte ihr zu widersprechen.

Wir fuhren in ihrem blauem Mini Cooper nach Wiesbaden. Sie parkte den Wagen nur wenige Meter von dem Institut entfernt.

„Sollen wir jetzt gleich hineingehen?", fragte sie.

„Nicht nötig, da vorn kommt er."

Westmann lief geradewegs auf uns zu. Ich stieg aus und wartete, bis er mich erreicht hatte.

„Hallo, Klaus", begrüßte ich ihn.

„Kann ich dich kurz sprechen?"

Westmanns bis dato düstere Miene hellte sich augenblicklich auf. „Grüß dich, M-Mann, wie geht's?"

„Ich wollte dich was fragen. Du warst doch gestern auch hier. Ich habe zufällig gesehen, wie du nochmal in die Villa gegangen bist."

Westmann kniff die Augen zusammen und musterte mich argwöhnisch. Es war ja auch zu blöd von mir, ihm das Gefühl zu geben, ich hätte ihm hinterher spioniert.

„Ja, und?", fragte er knapp.

„Nicht dass du mich falsch verstehst", versuchte ich zu beschwichtigen. „Es geht gar nicht um dich. Aber kannst du dich an eine große schlanke Frau mit langen blonden Haaren erinnern, die kurz vor dir das Institut betreten hat?"

Westmann legte die Stirn in Falten. „Ja, schon. W-Was ist mit ihr?"

„Na, ja", so langsam kam ich mir ziemlich bescheuert vor.

„Es würde mich interessieren, was sie dort wollte."
„Wieso?"
Weil ich glaube, dass sie ein Killer ist und vier Menschen auf dem Gewissen hat. Das konnte ich ihm natürlich nicht auf die Nase binden. Aber ich hatte sowieso schon zu lange mit der Antwort gezögert. Er spürte, dass ich ihm etwas verheimlichte. Sein Gesichtsausdruck spiegelte zunehmend Misstrauen wider. Ich hatte es falsch angepackt, schlicht und ergreifend vermasselt.

Ich wollte bereits aufgeben und das Gespräch mit einem *War-nicht-so-wichtig-vergiss-es* beenden, als Westmanns Blick auf meine Begleiterin fiel, die unsere Unterhaltung bisher stumm von ihrem Auto aus verfolgt hatte. Seine Miene hellte sich augenblicklich wieder auf.

Sigrid erfasste die Situation und reagierte goldrichtig. Sie stieg aus dem Mini und strahlte Klaus Westmann an, als wäre er die große Liebe ihres Lebens.

„Hallo, ich bin Sigrid", sagte sie und reichte ihm die Hand. „Entschuldige, wenn wir dich überfallen haben. Es ist doch in Ordnung, wenn wir uns duzen? Das mit der Frau ist wirklich wichtig für uns. Vielleicht können wir ja irgendwo zusammen einen Kaffee trinken gehen. Dann können wir in Ruhe reden."

Ich konnte sehen, wie Westmann unter diesem Redeschwall zunehmend zusammenschmolz. Sein Gesicht bekam ganz weiche Konturen. Er hing förmlich an Sigrids Lippen. Es wurde Zeit, dass ich eingriff und die Angelegenheit forcierte.

„Ich muss gleich arbeiten."

„Ach ja, richtig", sagte Sigrid und blickte Westmann unverwandt an. „Aber wir beide könnten uns doch jetzt gleich unterhalten. Wir fahren zusammen in die Stadt, setzen Tim ab und suchen uns ein nettes Café."

Westmann war begeistert und ich sprachlos. Das fiel aber nicht weiter auf, denn die beiden unterhielten sich auch ohne mich ganz prächtig.

„Du siehst gut aus", sagte Westmann gerade zu Sigrid.

Ich traute meinen Ohren kaum. War das der vertrottelte stotternde Typ, den ich kennengelernt hatte?

„Wo bekommt man denn heutzutage noch so eine B-Bräune her?"

„Um diese Zeit nur noch einige Breitengrade südlich. Ich bin erst seit heute aus dem Urlaub zurück."

„Toll. Kannst ja gleich noch ein bisschen davon erzählen. Ich höre gern U-Urlaubsgeschichten."

Sigrid ließ mich an der Ecke zur Rheinstraße raus und fuhr mit Klaus weiter den Kaiser-Friedrich-Ring entlang. Ich hoffte, sie würde bei all ihrer spontanen Sympathie für Klaus nicht vergessen, ihn nach der Blondine zu fragen. Mit einigen Minusgraden auf meinem Stimmungsbarometer begab ich mich zu Mulland Electronic Design.

Kapitel 9

MED-Geschäftsführer Debessin begrüßte mich überschwänglich und stellte mich einem seiner Mitarbeiter vor, der heute Überstunden schieben würde. Der Angestellte war in meinem Alter, schlank, wirkte durchtrainiert und maß etwa einen Meter fünfundachtzig. Wir befanden uns in demselben Büro wie bei meinem gestrigen Besuch.

„Das hier ist Markus Winter, Bereich Controlling", erklärte Debessin.

Was immer das bedeuten mag, dachte ich und reichte Winter die Hand. Er war ein Albino, hatte schlohweiße Haare und blickte mich aus zusammengekniffenen roten Augen an.

„Angenehm", murmelte er und deutete auf einen Aktenschrank. „Ich werde Sie in Ihre Arbeit einweisen."

„Genau", sagte Debessin. „Erklären Sie unserem neuen Mitarbeiter, was er zu tun hat." Zu mir gewandt fügte er hinzu: „Ich muss jetzt zu einem dringenden Termin. Wir sehen uns morgen." Sprach's und verschwand augenblicklich durch die Tür. Winter und ich blieben allein zurück.

Der Albino verlor keine Zeit mit langen Vorreden und kam gleich zur Sache. Er lotste mich zu dem kleinsten der drei Schreibtische in diesem Büro und bedeutete mir, Platz zu nehmen.

„Die Akten in dem Schrank hier sind noch nicht elektronisch erfasst", erklärte er. „Es handelt sich um Vorgänge, die länger als zwanzig Jahre zurückliegen, bevor wir auf Computer umgestiegen sind."

„Müssen diese Unterlagen denn überhaupt noch aufbewahrt werden?"

Winter lächelte. „Eigentlich nicht, zumindest nicht aus juristischen Gründen. Herr Debessin möchte aber ein elektronisches Archiv anlegen, in dem auch die älteren Vorgänge erfasst sind. Hin und wieder haben wir doch mit Vorgängen zu tun, die ein Zurückgreifen auf dieses alte Material erfordern."

„Was genau ist Ihr Tätigkeitsbereich bei Mulland?", fragte ich. Winters Lächeln wurde schmaler.

„Das, mein Lieber, dürfte Sie kaum etwas angehen. Machen Sie sich besser an die Arbeit. Sie kennen sich mit Computern aus?"

Ich nickte. Er öffnete eine Datenbank auf dem Bildschirm und erklärte mir kurz den Gebrauch des Scanners. Ich sollte die Unterlagen aus dem Aktenschrank einscannen und in der Datenbank registrieren. Keine Arbeit, die meine dringliche

Einstellung bei Mulland Electronic Design erfordert hätte, wie ich fand. Markus Winter blieb die ganzen zwei Stunden über an seinem eigenen Schreibtisch sitzen und verschob dort Poststapel von einer Seite auf die andere. Ich hegte den begründeten Verdacht, dass er nur dageblieben war, um mich im Auge zu behalten. Seine Anwesenheit war mir mehr als unangenehm. Wir unterhielten uns nicht. Winter blieb völlig unzugänglich. Mich erschreckte der Gedanke, dass der Albino genau die Qualitäten zu besitzen schien, die ich Sugar zuschrieb: eiskalt und völlig unnahbar. Seine Erscheinung, für die er natürlich nichts konnte, unterstrich diese Eigenschaften äußerlich aufs Schärfste. Aber nannte man so jemanden Sugar? Vielleicht, wenn man einen besonderen Humor hatte - oder seinen Killer mit einem besonders clever ausgedachten Tarnnamen bedenken wollte.

Nachdem die zwei Stunden vorüber waren, kam Winter hinter seinem Schreibtisch hervor, überflog kurz meine Eingaben und sagte: „Fahren Sie bitte noch den Computer herunter, bevor Sie gehen."

Dann verzog er sich wieder hinter seinen Schreibtisch.

Beim Hinausgehen sah ich noch einmal über die Schulter zu ihm hin, aber der Albino würdigte mich keines Blickes. Mein Instinkt sagte mir aber, dass er mich genau beobachtete und mitbekommen würde, wenn ich versuchen sollte, mich seitwärts in einen der anderen Büroräume zu schlagen. Also ging ich geradeaus den Flur entlang und verließ Mulland Electronic Design auf direktem Weg.

Auf der Straße wartete ich einige Minuten in der Hoffnung, Sigrid würde vorbeikommen und mich abholen. War aber nichts. Ich fragte mich, ob sie immer noch mit Westmann zusammen saß und wenn ja, ob sich daraus mehr entwickeln würde. Zu meiner eigenen Verblüffung versetzte mir dieser Gedanke einen Stich in der Herzgegend. Ich schalt mich einen Trottel und setzte mich Richtung Drudenstraße in Bewegung. Unterwegs widerstand ich mehrmals der Versuchung, Sigrid per Handy anzurufen. Zumindest vorläufig, denn plötzlich beschlichen mich alle möglichen Gedanken. Zum Teil irrwitzige Phantasien, dazu geeignet, regelrechte Panik in mir auszulösen. Was, wenn Klaus Westmann Sugar, der unheimliche Killer war? Was wusste ich denn von ihm? Unsinn, versuchte mich mich zu beruhigen. Ein vergesslicher Typ, der auch noch stottert. Das wäre doch grotesk, wenn sich dahinter ein mehrfacher Mörder verbarg. Und wenn es sich aber tatsächlich genauso verhielt? Wer, außer meinem eigenen Vorurteil sagte mir denn, dass ein Stotterer nicht in der Lage war, Morde zu begehen? Ich sollte mich besser von der klischeehaften Vorstellung trennen, die mich dazu verleitete, stotternde Menschen nur als leicht vertrottelte Zeitgenossen zu betrachten. Blieb noch Westmanns Vergesslichkeit. Ein Killer, der am Ende seine Aufträge vergaß. Das war doch nun wirklich lachhaft! Und wenn alles nur gespielt war, eine perfekte Maskerade? Am Sedanplatz, nur noch zwei bis drei Minuten von meiner Wohnung entfernt, hielt ich es nicht mehr aus und zückte mein Handy, um Sigrid anzurufen. Nichts. Noch nicht mal eine Mailbox. Vielleicht hatte sie ihr Gerät gar nicht dabei. Falls doch, war es womöglich auf Vibrationsalarm eingestellt und befand sich in Ihrer Handtasche, sodass sie meinen Anruf gar nicht mitbekam, oder ... Ich war plötzlich vor Sorge wie von Sinnen und rannte die letzten Meter bis zu meiner Wohnung. Dabei wusste ich genau, dass ich von dort aus nicht mehr ausrichten konnte als jetzt. Warum hatte Sigrid mir nicht gesagt, in welches Café sie mit Westmann gehen wollte? Ich stand vor dem Hauseingang zu meiner Wohnung und überlegte. Die beiden waren Richtung Westend gefahren. Ich konnte die umliegenden Kneipen und Cafés abklappern, in der Hoffnung, sie irgendwo anzutreffen. Sei kein Idiot, schalt ich mich. Es waren über zwei Stunden vergangen, seitdem wir uns getrennt hatten. Wer sagte, dass die zwei noch immer bei Kännchen und Kuchen beisammen saßen? Viel wahrscheinlicher war es doch, dass sich ihre Wege mittlerweile getrennt hatten. Sigrid war vermutlich gerade auf dem Weg nach Hause. Solange sie Auto fuhr, würde sie wahrscheinlich nicht an ihr Handy gehen, wenn es sich in ihrer Handtasche befand. Ich brauchte also nur etwa zehn Minuten zu warten, bis sie zu Hause angekommen war. Dann konnte ich noch einmal probieren sie anzurufen und alle meine Bedenken würden sich in Luft auflösen. Ich zwang mich zur Ruhe und ging hinauf in meine Wohnung. Keine Nachricht auf meinem Anrufbeantworter. Ich wählte Sigrids Nummer und wartete. Nichts. Das hat nichts zu sagen, versuchte ich mich erneut zu beruhigen. Es gelang mir nicht. Ihr Fotostudio kam mir in den Sinn. Vielleicht war sie dort. Ich suchte die Nummer heraus und versuchte es erneut. Tatsächlich, sie hob ab.

„Beck?"

„Sigrid, warum bist du nicht zu Hause?"

Ich merkte zu spät, dass ich wie ein eifersüchtiger Ehemann klang. Ihre Reaktion fiel entsprechend knapp aus. „Warum sollte ich?"

„Ich ... ich dachte nur, es ist schon reichlich spät um jetzt noch zu arbeiten."

„Nun ja, mir ist aber gerade danach."

Ich ahnte Schlimmes. Sigrid wirkte so unternehmungslustig und aufgekratzt, als wäre sie frisch verliebt.

„Wie war dein Treffen mit Westmann?", fragte ich, wobei ich mich um einen beiläufigen Tonfall bemühte.

„Gut, wirklich toll. Wir haben uns nett unterhalten. Eigentlich wollten wir noch zusammen essen gehen, aber Klaus hatte noch einen Termin."

„Essen gehen, mit Klaus?" Meine schlimmsten Befürchtungen schienen sich zu bestätigen.

„Ja, warum denn nicht?" Sigrids Ton wurde wieder merklich distanzierter. „Sag mal, hast du was gegen ihn? Und überhaupt, was geht dich das eigentlich an?"

„Nein, ich ... nun werd' nicht gleich sauer. Ich wollte doch nur wissen, ob er dir auch was über diese blonde Frau erzählt hat. Du weißt schon, die vom Institut."

Eine Weile herrschte Schweigen. Mein Gott, dachte ich. Sie hat es vergessen. Sigrid hat tatsächlich vergessen, Westmann danach zu fragen. „Ja, komisch, dass ich da nicht mehr dran gedacht habe." Ich schloss die Augen und begann langsam bis zehn zu zählen, aber Sigrid sprach bereits weiter.

„Reg dich ab, war nur ein Scherz. Klaus hat die Frau tatsächlich dabei erwischt, wie sie sich an Tanjas Kundenkartei zu schaffen machte."

„Was?" Ich presste den Hörer härter gegen mein Ohr. Es würde nach diesem Gespräch sehr rot aussehen. „War die Kralle denn nicht da? Was genau ist passiert?"

„Also, Klaus sah, wie die Blonde das Institut betrat. Er bekam noch mit, wie sie sich kurz mit Frau Kralle unterhielt. Um was es ging, hat er nicht verstehen können. Ging ihn ja auch nichts an, sagte er. Dann wurde die Sekretärin weggerufen und die Blonde nutzte diesen Augenblick, um in das Sekretariat zu schleichen. Klaus hat das aber gesehen und ist ihr hinterher. Er bekam mit, wie sie die Kundenkartei durchblätterte und wollte sie zur Rede stellen. Daraufhin hat sie ihm irgendeine Bemerkung an den Kopf geworfen und sich davongemacht."

Das klang ganz nach der Blondine, die ich kennengelernt hatte. „Wusste ich es doch, dass diese Frau mir vor Mulland Electronic nicht zufällig über den Weg gelaufen ist. Sie hat etwas zu verbergen und ist möglicherweise gemeingefährlich."

„Mag sein", erwiderte Sigrid. „Aber dank Klaus haben wir ihr gegenüber den Vorteil, sie enttarnt zu haben. Und was noch besser ist, sie hat keine Ahnung davon, dass wir drei untereinander Verbindung haben."

Dank Klaus, untereinander Verbindung ... eigentlich war es eindeutig an der Zeit, die Notbremse zu ziehen und Westmann in den Wind zu schießen, fand ich. Andererseits konnte uns Klaus möglicherweise tatsächlich noch von Nutzen sein, falls die Blondine erneut in Frau Königs Institut auftauchen sollte.

„Wollen Klaus und du das verpasste Abendessen irgendwann nachholen?", fragte ich unschuldig.

„Kann sein schon", sagte Sigrid. Eine Spur zu beiläufig, wie ich fand. „Er will sich deswegen nochmal bei mir melden", fügte sie hinzu. Es war für mich wohl an der Zeit, das Gespräch zu beenden. Ich hatte ohnehin genug gehört.

Kaum lag der Hörer auf der Gabel, klingelte es erneut. Ich hob ab und war erfreut, die Stimme des Cyborgs zu hören. Ich hatte nicht damit gerechnet, dass er mich so schnell noch einmal würde sprechen wollen. Aber es kam sogar noch besser.

„Bist ja schwerer zu erreichen als der Papst", frotzelte er. „Erst bekommt man dich gar nicht in die Leitung und dann ist ständig besetzt."

„Ich habe bis eben mit Sigrid telefoniert. Davor war ich gar nicht zu Hause, weil ich gearbeitet habe."

„Gearbeitet, Du?" Der Spott in Maschines Stimme war nicht zu überhören.

„Lass den Quatsch", erwiderte ich beleidigt. „Ich hatte heute meinen ersten Tag bei Mulland Electronic Design."

„Wo du deinen großen Lauschangriff starten wolltest, verstehe. Da kommt dir ja mein Anruf vielleicht gerade recht."

„Wieso?" Der Cyborg hatte es geschafft. Meine Aufmerksamkeitsbereitschaft stieg schlagartig auf die vollen einhundert Prozent. Er hätte niemals angerufen, wenn sich nicht etwas wirklich Neues ergeben hätte.

„Nicht am Telefon. Schwing deinen Hintern hierher, wenn du nach deinem langen Arbeitstag - waren es eine oder sogar zwei Stunden? - nicht zu kaputt bist. Der Lange ist auch hier."

„Jelzin?"

„Wer sonst. Also, bis gleich."

Kapitel 10

In Maschines Wohnung sah ich alle unvermeidlichen Anzeichen, die auf eine lange bevorstehende Nacht hinwiesen. Er und Auguste hatten sich mit riesigen Mengen Fastfood eingedeckt. Ich hatte den ganzen Tag über fast nichts gegessen und verspürte einen Riesenhunger. Traurig starrte ich auf die Berge aus totem Fleisch, die sich vor Le Meur und dem Cyborg auftürmten.

„Der Imbiss muss sich mit den Einnahmen, die er allein an euch beiden verdient hat, doch längst zur Ruhe setzen können", sagte ich.

„Schau genau hin, woher das Essen kommt, du Amateurdetektiv", erwiderte Le Meur zwischen zwei Bissen.

„Anhand der Beschriftung auf der Verpackung müsste dir aufgefallen sein, dass wir den Lieferant gewechselt haben."

Ich schaute den mir am nächsten gelegenen Pizzakarton an und zuckte unwillkürlich zusammen. „Das ist jetzt nicht wahr, oder?"

„Oh, doch", sagte Maschine. Der Rest blieb unverständlich, weil er mit kauen beschäftigt war. Le Meur zerteilte gerade mit Genuss ein gebratenes halbes Hähnchen. Es würde mir auf ewig unverständlich bleiben, wie ein Angehöriger einer kulinarisch auf hoher kultureller Stufe stehenden Nation so tief sinken konnte.

„Die Watzls sind also tatsächlich wieder in der Stadt?", fragte ich und studierte die auf den Pizzakarton gestempelte Adresse von 'Winnie's und Bodo's Fastfood-Tempel' in der Schiersteiner Straße. „Hat ihnen schon jemand gesagt, dass das Apostroph vor dem 's' eigentlich nicht sein muss?"

„Natürlich", sagte Maschine, der eine kurze Essenspause einlegte. „Aber erstens hat sich diese Schreibweise inzwischen auch hierzulande durchgesetzt und zweitens: selbst wenn dem nicht so wäre - du kennst doch die beiden."

Und ob ich sie kannte. Die Watzls waren so etwas wie die Wiesbadener Antwort auf die launigen Klitschkos, jene schwergewichtigen Box-Brüder aus der Ukraine, die in Werbespots oder bei gesellschaftlichen Ereignissen außerhalb des Rings stets als Duo aufgetreten waren. Sie unterschieden sich jedoch von den Sportlern unter anderem dadurch, dass sie nur halb so groß, aber dafür beinahe doppelt so alt waren. Winnie Watzl war ein wandelnder Lachsack, der penetrant gute Laune verbreitete. Ständig zeigte er ein strahlendes zahnweißes Grinsen, das jeden Augenblick in einen Lachanfall umzukippen drohte. Von seinem Bruder Bodo unterschied Winnie sich nur durch einen dichten braunen Haarschopf. Bodo hingegen hatte eine Stirnglatze, verfügte aber über das gleiche mir beinahe unheimlich erscheinende sonnige Gemüt seines Bruders. Die beiden waren von Geburt an Wiesbadener und hatten fast ein halbes Jahrhundert hier gelebt. Vor einigen Jahren aber waren sie nach Mainz gezogen und hatten dort als Stimmungssänger bei der Meenzer Fassenacht eine steile Karriere verfolgt. Ihr Debüt: 'Marie, komm in die Puschen' schlug ein wie die sprichwörtliche Bombe und der in der darauffolgenden Kampagne präsentierte Nachzieher 'Komm in die Puschen, Marie', ging ebenfalls ab wie eine Rakete. Nun aber hatten die Watzel-Brüder als Wiesbadener Buben genug vom Mainzer Narrentreiben und ihren Wohnsitz wieder auf die rechte Rheinseite verlegt. Bodo und Winnie nahmen das Leben und sich selbst nicht so ernst und ob sie den Genitiv korrekt oder ästhetischen Ansprüchen genügend anwandten, interessierte sie herzlich wenig.

„Die Watzls versuchen ihr Glück jetzt also in der Gastronomie", bemerkte ich scharfsinnig und fischte mir ein Kartoffelstäbchen, von dem ich hoffte, dass es nicht mit irgendeinem Stück Fleisch in Berührung gekommen war, vom äußersten Rand von Maschines Teller.

„Ganz recht", antwortete der Cyborg. „Und weißt du wie ihr Motto lautet? 'Mit einem freundlichen Lächeln verdoppeln wir Umsatz und Trinkgeld'."

„Das nenne ich Lebensart!", ließ sich Le Meur vernehmen. „Davon könnte sich manch anderer Deutsche eine dicke Scheibe von abschneiden."

Ich schnappte mir ein zweites Kartoffelstäbchen. „Habt ihr mich deswegen bei eurer lustigen Runde dabei haben wollen, um bei diesem opulenten Mahl die Rückkehr der unglaublichen Watzl-Brothers zu feiern?"

„Nein." Le Meurs Stimme klang wieder ernst. „Es geht um etwas anderes, du kannst dir denken, um was."

„Ich habe keine Ahnung", sagte ich und bohrte meinen Blick in den Haufen Pommes Frittes auf Maschines Teller.

„Komm schon, Tim. Unser Freund hier hat mir erzählt, dass du einen neuen Nebenjob angenommen hast." Jelzin wischte sich mit einer Papierserviette den Mund ab, bevor er weitersprach. „Ich glaube nicht, dass es ein Zufall ist, dass dein neuer Arbeitgeber der alte von deinem vermissten Freund ist."

„Er ist nicht mein Freund", erwiderte ich hitzig. Auguste bedeutete mir mit erhobener Hand, ruhig zu bleiben.

„Es wird sich auch nicht um einen Zufall gehandelt haben, dass unser lieber Cyborg hier mich ausgerechnet heute, an deinem ersten Arbeitstag, danach fragt, ob ich etwas dagegen hätte, wenn er dir eine Abhöranlage zur Verfügung stellte."

Vor Schreck ließ ich das dritte Stäbchen zurück auf Maschines Teller fallen.

Der Cyborg mied meinen Blick und studierte aufmerksam die Pizzaschachtel.

„Das nennt man wohl einen Bärendienst", murmelte ich.

„Nun, ich hätte ganz und gar nichts dagegen, junger Freund", erklärte Le Meur und genoss sichtlich die Situation, während ich meiner Verblüffung durch einen heruntergeklappten Unterkiefer Ausdruck verlieh.

„Schließlich muss ich ja nicht wissen, wofür du das Ding verwendest, wenn ich es mir natürlich sofort denken kann. Aber wen interessieren schon die Spekulationen eines illegal beschäftigten Kriminalbeamten?"

Ich sah, wie der Cyborg still in sich hineingrinste. Der Mistkerl war also bereits eingeweiht.

„Darf ich erfahren, was dich zu deinem Sinneswandel veranlasst hat?", fragte ich schüchtern.

„Nun", Le Meur tat einen tiefen Atemzug, bevor er weitersprach, „ich gebe es nicht gerne zu, aber ich habe aufs falsche Pferd gesetzt. Die Ermittlungen in Richtung rechte Szene sind allesamt im Sande verlaufen. Sowohl was den Doppelmord an dem Ehepaar Basche als auch den an diesem Janosch und seiner Genossin betrifft."

„Und jetzt?"

„Sind wir genauso schlau wie vorher," sagte Jelzin knapp und schob seinen Teller von sich. Der Franzose griff in seine Hemdtasche und holte eine zerdrückte Zigarettenpackung daraus hervor. Ich ließ ihm Zeit, den Sargnagel anzuzünden und wartete, bis er den inhalierten Rauch wieder ausgestoßen hatte. „Was ist mit dem Brief, den der Lurch an Sigrid geschrieben hat?", fragte ich. „Ist das für die Polizei kein Grund zu ermitteln?"

„Was das Verschwinden von Stefan Rabenacker betrifft", sagte Le Meur, „hat niemand eine Vermisstenanzeige aufgegeben."

„Sigrid hat es versucht, aber bei der Polizei hat sie keiner ernst genommen."

„Deine Freundin ist keine Verwandte oder Lebensgefährtin von Herrn Rabenacker."

„Sie ist nicht meine Freundin!", erwiderte ich noch hitziger als zuvor. Ihre Verabredung mit Westmann machte mir anscheinend doch mehr zu schaffen, als ich zugeben wollte.

„Heißt das, ihr seid der Spur Mulland Electronic Design gar nicht erst nachgegangen?", wollte Maschine wissen.

Jelzin zerdrückte seine Zigarettenkippe auf einem Teller. „Wir haben uns natürlich bei dem Geschäftsführer erkundigt", antwortete er. „Wie war noch gleich der Name?"

„Debessin", sagte ich.

„Genau. Ich habe ihn angerufen. Laut der Aussage dieses Herrn war Rabenacker, gelinde gesagt, ziemlich unzuverlässig und neigte dazu, die Unwahrheit zu sagen."

„Du hast dich mit einer telefonischen Auskunft abspeisen lassen?", rief ich aufgebracht. „Du bist nicht einmal selbst hingegangen?"

„Bitte Tim, beruhige dich. Heinz Debessin verfügt über einen einwandfreien Leumund. Er ist ein sehr angesehener Mann mit großem Einfluss. Dem spaziert man nicht einfach mit der Polizei ins Haus. Zumindest solange nicht, bis uns der Staatsanwalt sein O.K. dazu gibt."

„Wo ist denn dein französischer Revolutionsgeist geblieben, Auguste?", fragte ich entgeistert. „Hast du den ganz dem deutschen Obrigkeitsdenken untergeordnet?"

Ich sah es Jelzins Mienenspiel an, dass ich ihm gegenüber wieder einmal zu weit gegangen war und bereute meine Bemerkung, kaum dass ich sie ausgesprochen hatte.

„Entschuldige bitte", sagte ich zerknirscht. „Mir sind die Gäule durchgegangen."

„Schon vergessen", erwiderte Le Meur. „Ich bin inzwischen mit dem Gang unserer Ermittlungen genauso unzufrieden wie du, Tim. Darum habe ich ja auch nichts dagegen, wenn du in Bezug auf Mulland Electronics etwas ungewöhnlichere Methoden anwendest, auch wenn sie vor Gericht nicht verwertbar sind und ich nichts davon wissen darf." Er sah auf seine Uhr. „Wird Zeit für mich. Ich muss morgen früh raus. Soll ich dich mitnehmen?"

Ich nahm dankbar an. Es war spät geworden und ich verspürte Müdigkeit, der ich durch ein herzhaftes Gähnen Ausdruck verlieh. Maschine griff hinter sich und reichte mir ein Schächtelchen.

„Die Wanze hat eine selbsthaftende Unterlage. Einfach direkt am Telefon befestigen, dann bin ich direkt damit verkabelt und kann alle Gespräche aufzeichnen."

„Das ist alles? Ich muss den Apparat nicht aufschrauben oder so was? Das funktioniert einfach so, ohne irgendwelche Probleme?"

Maschine blickte beleidigt. „He, das ist mein Baby. Es ist leistungsstark genug, um jede fallende Stecknadel in einem dreißig Quadratmeter großen Raum aufzunehmen. Meine Erfindungen sind zuverlässig und … ", er sah mir tief in die Augen, bevor er weitersprach, „ … idiotensicher."

Ich klopfte dem Cyborg auf die Schulter.

„Klasse Mann, Danke!"

Während Auguste im spärlichen Abendverkehr zuerst die Biebricher Allee entlangraste und anschließend den Kaiser-Friedrich-Ring unsicher machte, saß ich schweigend neben ihm und hing in meinen Gedanken über die Ereignisse dieses Tages nach. Es war viel passiert. Ich hatte einen neuen Job angefangen und mit Markus Winter einen Mann kennengelernt, auf den in meiner Vorstellung durchaus das Profil eines Killers wie Sugar passen könnte. Was mich jedoch am meisten beschäftigte, war das Aufeinandertreffen von Sigrid und Klaus Westmann. Jetzt, im Nachhinein, erschien mir der Gedanke, dass Westmann der kaltblütige Mörder sein könnte, vollkommen lächerlich. Aber das Leben hatte mich bisher immerhin so viel gelehrt, dass der äußere Eindruck durchaus täuschen konnte. Le Meurs Stimme riss mich aus meinen Gedanken.

„He, träumst du? Wir sind da."

Tatsächlich stand Le Meurs roter Flitzer vor der Hauseinfahrt in der Drudenstraße. Ich wünschte Auguste eine gute Nacht und stieg aus.

Ich schlief lange in den nächsten Tag hinein. Nachdem ich aufgestanden war und geduscht hatte, ging ich in die Wellritzstraße, um mich in den dortigen Geschäften mit Lebensmitteln einzudecken. Es war bereits Mittag, als ich mein Frühstück einnahm. Ich ließ mir bewusst Zeit, um mich auf die heutige Arbeit bei Mulland Electronic Design vorzubereiten. Ich hoffte inständig, dass Markus Winter heute Abend nicht die gesamte Zeit über an seinem Schreibtisch kleben und mich beobachten würde. Irgendwie musste ich es schaffen, die Wanze an Debessins Telefon zu befestigen. Ich verdrängte den Gedanken, was passieren würde, wenn der Albino mich dabei überraschte. Einfach unter der Schreibtischplatte oder am Telefon befestigen, hatte Maschine gesagt. Dafür brauchte ich nur wenige Sekunden. Das musste doch zu schaffen sein!

Ich verbrachte den Nachmittag mit Hausarbeit und vielen Kaffeepausen. Die Minuten schleppten sich dahin, obwohl ich mich sogar mit Eifer an bis heute lange aufgeschobene Arbeiten wagte. Endlich war es soweit. Ich steckte die Schachtel mit Maschines Wanze in meine Jackentasche und machte mich zu Fuß auf den Weg in die Rheinstraße. Dort musste ich zu meinem Leidwesen feststellen, dass meine Hoffnung für diesen Abend, was die problemlose Anbringung der Wanze betraf, enttäuscht wurden. Heinz Debessin war bereits wieder auf dem Weg in seinen Feierabend und überließ Winter erneut das Kommando. .

„Also dann", verabschiedete er sich, „Sie wissen ja, was zu tun ist. Notfalls steht Ihnen Herr Winter für eventuelle Fragen zur Verfügung."

Der Albino würde also wieder den Wachhund geben.

Es war wohl etwas vermessen von mir gewesen, anzunehmen, dass der Geschäftsführer von Mulland Electronic Design mir die Firmenschlüssel in die Hand drücken und die Firma so ohne Weiteres ausliefern würde. Mit einem gequälten Lächeln setzte ich mich an den Computer, um meine Arbeit vom Vortag fortzusetzen. Hin und wieder schaute ich auf die Uhr und stellte mit zunehmender Nervosität fest, dass die Zeit doppelt so schnell zu verstreichen schien wie gestern. Noch eine halbe Stunde, dann war für mich bereits Feierabend und ich würde dieses Büro unverrichteter Dinge verlassen. Inständig hoffte ich, dass Winter auf die Toilette musste, aber der Albino litt offensichtlich nicht unter Blasenschwäche. Noch zwanzig Minuten. Nun gut, dachte ich. Wenn der Berg nicht zum Prophet kommt, dann eben umgekehrt.

„Gibt es hier eine Toilette?", fragte ich.

Winter fixierte mich einige Sekunden mit zusammengezogenen Augenbrauen, ehe er antwortete.

„Schräg gegenüber, die zweite Tür rechts."

„Danke."

Ich ließ mir viel Zeit und machte bei meiner Rückkehr zu meinem Arbeitsplatz ein betont unauffälliges Gesicht. Ich pfiff einige Takte eines aktuellen Popsongs und setzte mich wieder auf meinen Stuhl, wobei ich es deutlich vermied, den Blick des Albinos zu kreuzen. Die Wirkung ließ nicht lange auf sich warten. Keine dreißig Sekunden später verließ Winter das Büro. Ich wusste, dass mir nicht viel Zeit blieb. Er würde einen kurzen Kontrollgang machen, um sich zu vergewissern, dass ich nichts angestellt hatte. Ich nahm die Wanze, flitzte zu Debessins Schreibtisch und klebte sie unter sein Telefon. Als Winter zurückkam, saß ich bereits wieder vor meinem Computer und fütterte brav die Datenbank.

Kurz darauf war mein Dienst bei Mulland Electronic zu Ende. Ich verabschiedete mich von Winter, der meinen Gruß knapp erwiderte. Ich konnte ihm ansehen, dass er Argwohn gegen mich hegte und immer noch darüber nachgrübelte, was ich so lange auf der Toilette getrieben hatte. Sollte er ruhig. Solange er meine Finte nicht durchschaute und irgendwann darauf kam, dass sich mein eigentliches Vergehen erst nach dem Toilettengang ereignet hatte, konnte mir nichts passieren. Vorausgesetzt natürlich, die Wanze blieb unentdeckt. Aber darüber machte ich mir vorläufig keine Sorgen. Ich war mit meiner Arbeit an der Datenbank so gut vorangekommen, dass meine Anwesenheit bei Mulland erst wieder nächste Woche erforderlich sein würde. Das war mir mehr als recht, denn so blieb ich für den Fall, dass mein Abhörversuch aufflog, erst einmal aus der Schusslinie.

Kapitel 11

Meine anfängliche Euphorie über die geglückte Anbringung der Wanze an Debessins Telefon wich leider bald der Ernüchterung darüber, dass ich auf meiner Suche nach dem Lurch keinen Schritt weiter gekommen war. Ich wollte mich noch heute Abend mit Sigrid darüber beraten, handelte mir aber einen Korb von ihr ein.

„Ich bin noch mit Klaus verabredet", antwortete sie auf meine Frage, ob wir uns heute treffen könnten.

Einen Moment lang war ich versucht, den Telefonhörer wieder auf die Gabel zu knallen.

„Sag mal", begann ich, um einen neutralen Ton bemüht, „läuft da was zwischen euch beiden?"

„Vielleicht", antwortete sie kokett. „Mal sehen was draus wird."

„Du kennst ihn doch kaum", sagte ich eine Spur zu scharf. Zwar glaubte ich nicht mehr, dass sich hinter Klaus Westmann der Killer Sugar verbarg, aber dass der Kerl sich an Sigrid ranmachte, gefiel mir überhaupt nicht. Sigrid hätte es wahrscheinlich Eifersucht genannt, aber mit ihr war ja momentan sowieso nicht zu reden. „Na und, man kann sich schließlich kennenlernen", wischte sie meinen Einwand beiseite. Als ob ich es geahnt hätte. „Wann hättest du denn Zeit, mit mir zu reden, vorausgesetzt, du bist an der Sache noch interessiert?" Da ich immer noch fürchtete, mein Telefon könne abgehört werden, vermied ich es lieber, die Dinge konkret beim Namen zu nennen. Dass Sigrid mich jedoch genau verstanden hatte, zeigte mir ihre bissige Replik.

„Natürlich bin ich noch interessiert. Wer von uns hat denn das erste Rendezvous vermasselt? Komm halt morgen in der Mittagspause im Studio vorbei, dann reden wir weiter."

Damit war das Gespräch beendet und ich bedient. Natürlich hatte Sigrid mit dem verpatzten Treffen meine erste Begegnung mit Rabenacker gemeint. Ich musste ihr gehörig auf die Nerven gegangen sein, wenn sie mir mein Versagen derart schonungslos unter die Nase rieb. Der Abend war eigentlich für mich gelaufen. Da ich jedoch fürchtete, in meinen eigenen vier Wänden der Depression anheimzufallen, zog ich Jacke und Schuhe an und machte mich auf den Weg nach Biebrich zu Maschine.

„Das nenne ich eine Überraschung", begrüßte mich der Cyborg. Ich konnte es ihm nicht verdenken. Von mir aus suchte ich Maschines Wohnung nur selten auf. Wenn doch, so geschah das meist auf Einladung Le Meurs oder weil ich ein konkretes Anliegen hatte, sprich, die Hilfe des Cyborgs brauchte.

„Mir fiel die Decke auf den Kopf", sagte ich verlegen und räumte einen Stapel Zeitschriften von einem Hocker, damit ich mich setzen konnte. Maschine hatte mich in sein Allerheiligstes gelotst, sein Computerzimmer, das mit allen möglichen elektronischen Geräten vollgestopft war und dazwischen eigentlich nur Platz für seinen Besitzer bot. Mir den Zugang zu diesem Raum zu gestatten, war Ausdruck größter Wertschätzung des Cyborgs mir gegenüber. Ich fragte mich, was aus dieser Wertschätzung werden würde, wenn ich Henning, wie Maschine eigentlich hieß, gestand, dass ich damals mitbekommen hatte, wie er zum Krüppel geschlagen worden war, ohne etwas dagegen zu unternehmen. Um mich von diesem quälenden Gedanken abzulenken, konzentrierte ich mich auf die Einrichtung dieses Zimmers. Es gab kein Fenster. Vermutlich hatte dieser Raum früher einmal als Abstellkammer oder etwa in der Art gedient. An die Wände waren Tische gestellt. Darauf lagen überall Computerplatinen, Kabel und Adapterstecker herum. Dazu aufgeschraubte Gehäuse irgendwelcher mir unbekannter Geräte und aller möglicher anderer Kram, der zweifellos mit Strom betrieben wurde, von dem ich aber keine Ahnung hatte, zu was er gut sein sollte. Unter den Tischen befanden sich stapelweise Computerzeitschriften und Elektronikmagazine. Regale waren nicht vorhanden. Sie hätten über den Tischen angebracht werden müssen und wären somit für Maschine von seinem Rollstuhl aus nicht zu erreichen gewesen.

Henning wühlte auf dem Schreibtisch vor sich herum und förderte einen Kopfhörer zutage.

„Hier", sagte er und hielt mir das Gerät unter die Nase.

„Was soll ich damit?"

„Aufsetzen, was sonst."

Ich zuckte die Schultern und setzte den Hörer auf. Maschine hatte sich mit einem zweiten Exemplar versorgt und hackte mit seiner gesunden Hand konzentriert auf die Tastatur des vor ihm befindlichen Computers ein. Es rauschte und knackte unangenehm und ich wollte den Hörer bereits wieder abnehmen, aber der Cyborg schüttelte energisch den Kopf. Plötzlich hörte ich Debessins Stimme. Überrascht riss ich die Augen auf. Ich hatte über meinem Ärger wegen Sigrid ganz vergessen, dass ich an Debessins Telefon Maschines Wanze angebracht hatte. Jetzt wurde mir klar, warum Henning mich gleich in sein Allerheiligstes geführt hatte. Da ich selten bis nie ohne konkretes Anliegen bei ihm auftauchte, hatte er selbstverständlich angenommen, dass ich mich davon überzeugen wollte, ob das Abhörgerät funktionierte.

Mein Gewissen zwickte noch ein wenig mehr. Ich wollte ihm gerade erklären, dass mein heutiger Besuch ganz ohne Hintergedanken erfolgt war, als Debessin einen Namen nannte, der mich elektrisierte.

„Haben Sie Neuigkeiten für mich, Sugar?"

Maschine drehte sich zu mir um und reckte seinen Daumen in die Höhe. Volltreffer! Wir konnten unser Glück kaum fassen.

„Ich bin am Ball."

Anhand der Lippenbewegung des Cyborgs konnte ich unschwer erkennen, dass er denselben Fluch ausstieß wie ich. Sugar benutzte einen Sprachverzerrer. Es wäre ja auch zu schön gewesen, wenn sich die Identität des Killers ohne große Schwierigkeiten hätte feststellen lassen.

„Mir wäre es lieber, konkrete Ergebnisse von Ihnen zu hören." Der Geschäftsführer von Mulland Electronic Design klang eindeutig verärgert. „Schließlich bezahle ich Sie dafür."

Rechts neben mir befand sich ein Tonband, dessen Spulen sich langsam drehten. Das Gespräch wurde also aufgezeichnet, sehr gut.

„Keine Sorge, Sie werden Ihr gewünschtes Ergebnis bekommen. Aber wie ich an die Sache herangehe, müssen Sie schon mir überlassen."

Debessin stieß einen Grunzlaut aus. Vermutlich schluckte er gerade eine harsche Bemerkung herunter.

„Wann höre ich wieder von Ihnen?", fragte er stattdessen.

„Bald. Sobald ich etwas Neues für Sie habe."

Das Gespräch war beendet. Maschine und ich schauten uns triumphierend an. Ich riss mir den Kopfhörer herunter und klopfte ihm auf die Schulter.

„Wir haben ihn, Debessin ist geliefert!"

„Langsam", bremste er mich. „Vergiss nicht, dass dieses Band kein Beweismittel ist. Zu blöd, dass Sugar einen Stimmverzerrer benutzt hat. Die nötige Elektronik, um so etwas rauszufiltern, wird das Nächste sein, was ich mir anschaffe, um nicht noch einmal vor diesem Problem zu stehen. Da kannst du Gift drauf nehmen."

„Aber wir haben Debessins Stimme auf Band, das ist doch etwas!", beharrte ich.

„Nur hat dieser Debessin streng genommen leider nichts gesagt, was ihn belasten könnte."

„Nichts gesagt?", brauste ich auf. „Er hat Kontakt mit einem Killer und ihn mit seinem Decknamen angesprochen!"

„Wir kennen diesen Decknamen nur aufgrund der Behauptung eines Mannes, der uns nicht als Zeuge zur Verfügung steht. Alles was wir von Rabenacker haben, ist sein Brief an Sigrid, in dem er über diesen Sugar schreibt."

Maschine hatte recht. Wir konnten Debessin abhören, so viel wir wollten. Wenn uns der Lurch nicht persönlich mit seiner Aussage unterstützte und das Material auslieferte, aufgrund dessen Debessin Sugar auf ihn gehetzt hatte, half uns der Lauschangriff auf Debessin wenig. Müde und frustriert verabschiedete ich mich von meinem Freund und begab mich auf den Rückweg. Es war fast Mitternacht, als ich endlich ins Bett kam. Einige Minuten kreisten meine Gedanken noch um Debessins Telefonat mit Sugar und um meine vergebliche Suche nach dem Lurch, dann aber forderten die Anstrengungen des Tages ihren Tribut und mir fielen die Augen zu.

Am nächsten Tag fand ich mich pünktlich zu Beginn von Sigrids Mittagspause in ihrem Fotostudio in Taunusstein-Hahn ein. An der Art, wie sie mich begrüßte, konnte ich unschwer entnehmen, dass sie mir das gestrige Gespräch noch nachtrug. Als ich ihr jedoch von dem abgehörten Telefonat erzählte und auf die Notwendigkeit, Rabenacker endlich aufzuspüren, zu sprechen kam, verschwand ihr Groll gegen mich im Nu.

„Wir könnten es doch noch einmal mit einer Anzeige versuchen", meinte sie.

„Glaubst du wirklich, Rabenacker würde sich ein zweites Mal darauf einlassen?" Nach dem Fiasko im Dunkelgang konnte ich nicht glauben, dass der Lurch erneut das Risiko einging, seine Deckung aufzugeben.

„Ich müsste ihm deutlich machen, dass die Anzeige wirklich von mir kommt", sagte Sigrid. Ihre Verliebtheit in Westmann schien ihre Zuversicht zu beflügeln. „Immerhin haben wir Stefan schon einmal über eine Annonce erreicht. Er ist also nicht aus der Welt."

„Wenn er sich das Zeitungslesen nicht abgewöhnt hat", murmelte ich. Sigrid sah mich stirnrunzelnd an. „Sag mal, wolltest du dir nicht gemeinsam mit mir eine Strategie überlegen? Statt dessen spielst du hier den Miesepeter!"

„Entschuldige bitte", lenkte ich ein. „Hast du dir schon eine Formulierung überlegt?"

„Es muss etwas sein, das nur wir beide kennen", sagte sie. „Irgendwas aus unserer Unizeit. Lass mich mal überlegen."

„So etwas wie ein Insiderwitz?", fragte ich.

Sigrids Gesicht hellte sich auf. „Genau, das ist es. Warte, wie sagten wir immer ... jetzt hab ich es. Die Frau von Stefans Fachbereichssekretariat nannten wir immer die Waldorf-Mutti. Weil sie Anthroposophin war und früher an einer Rudolf Steiner Schule gearbeitet hatte. Sie trug stets eine Strickjacke und hatte eine Wollmütze auf dem Kopf."

„Und das war nur euch beiden bekannt?"

„Kann schon sein, dass sich auch andere darüber lustig gemacht haben, aber Stefan und ich haben uns manchmal richtig über sie kaputtgelacht. So sehr, dass uns hinterher der Bauch wehtat."

„Dann könnte es klappen", sagte ich. „Versuchen wir's. Setzen wir einen Text auf!"

Sigrid zückte einen Kugelschreiber und schrieb damit auf einen Block Papier. Nach kurzer Zeit präsentierte sie mir den Anzeigentext.

HALLO LURCH, HIER GRÜßT DICH NICHT DIE WALDORF-MUTTI; SONDERN DEINE EHEMALIGE KOMMILITONIN, DIE GERNE WIEDER KONTAKT ZU DIR AUFNEHMEN WILL. DIESMAL NICHT ÜBER EINEN DRITTEN, SONDERN PERSÖNLICH. GIB MIR BITTE NACHRICHT, WO UND WANN WIR UNS TREFFEN KÖNNEN. ICH FREUE MICH AUF EIN WIEDERSEHEN. BIS DAHIN ALLES GUTE! DEINE ALTE STUDIENFREUNDIN ...

Mir kam die Formulierung doch arg holprig vor, aber ich wollte das zwar wiederhergestellte, aber noch fragile gute Verhältnis zwischen Sigrid und mir nicht durch unnötige Textkritik belasten.

„Das hast du wirklich gut gemacht", sagte ich daher enthusiastischer, als ich es tatsächlich meinte. „Vor allem, dass du nicht mit deinem Namen unterzeichnet hast. Den Spitznamen Rabenackers werden Debessin und seine Spießgesellen nicht kennen, aber sie würden hellhörig werden, wenn sie deinen Namen sehen."

„Kannst du den Text aufgeben?", fragte Sigrid. „Ich muss mich wieder an die Arbeit machen. Da wartet noch ein dringender Auftrag auf Erledigung."

„Klar", sagte ich und steckte den Zettel ein. „Ich melde mich, wenn sich was Neues ergibt. Bist du heute Abend zu Hause?"

Sigrid sah mich über den Rand ihrer Nickelbrille hinweg an. „Bin ich. Klaus ist heute im Reiki-Institut. Warum?"
„Nur so. Ich dachte, wir könnten vielleicht ins Kino gehen oder so." Die Worte waren heraus, ehe ich sie genauer bedacht hatte. Sigrids Blick wurde stechender.
„Ach weißt du, es wird ziemlich spät werden, bis ich diesen Auftrag hier erledigt habe. Ich glaube nicht, dass ich danach noch Lust haben werde, auszugehen."
Pech gehabt, Strecker, dachte ich. Ließ mir aber meine Enttäuschung nicht anmerken.
„Also gut, wir sehen uns", murmelte ich und trollte mich davon.
Die Anzeige erschien bereits in der nächsten Ausgabe der Stadtzeitung. Ich hatte an diesem Tag zum ersten Mal seit Anbringen der Wanze an Debessins Telefon mit flauem Gefühl im Bauch meine Arbeit bei Mulland Electronic Design verrichtet. Marcus Winter war wieder anwesend, und ich beobachtete ihn verstohlen in der Absicht herauszufinden, ob er vielleicht die am Telefon seines Chefs angebrachte Wanze gefunden hätte. Soweit ich es jedoch beurteilen konnte, verhielt sich der Albino nicht anders als sonst - abweisend und unnahbar. Für diesen Abend war ich mit Sigrid in ihrer Wohnung verabredet. Ich begrüßte sie und suchte nach Spuren von Ärger über mich in ihrem Gesicht. Am Nachmittag hatte ich mit ihr telefoniert und ausdrücklich darauf bestanden, dass sie gegenüber Westmann kein Wort über Rabenacker und den Fall, der mit ihm in Verbindung stand, verlor. Nach einem teilweise lautstark geführten Wortwechsel hatte ich ihr ein diesbezügliches Versprechen abgerungen und ebenfalls durchgesetzt, dass ihr neuer Freund nicht anwesend war, wenn wir über den Fall Lurch sprachen oder etwas, das damit in Zusammenhang stand, unternahmen. Sigrid schien sich mittlerweile wieder beruhigt zu haben und behandelte mich so, als hätte unser Streitgespräch gar nicht stattgefunden. Ich vermied es ihr gegenüber, das Thema Klaus

Westmann anzuschneiden und wir unterhielten uns stattdessen darüber, wie wir noch versuchen könnten, mit dem Lurch in Verbindung zu treten, wenn wir mit der Anzeige keinen Erfolg hätten. Leider fiel niemandem von uns ein brauchbarer Vorschlag ein.

„Wir dürfen die Hoffnung nicht aufgeben", sagte Sigrid „Vielleicht ruft er ja heute Abend schon an."

„Ja, vielleicht", antwortete ich ohne große Überzeugung und schaute auf meine Uhr. Die Minuten vergingen langsam und die Unterhaltung zwischen Sigrid und mir wollte nicht recht in Gang kommen. Wir saßen verkrampft in unseren Sesseln und tranken schweigend aryuvedischen Tee. Gegen einundzwanzig Uhr dreißig hielt ich es nicht mehr aus.

„Ich denke, ich mache mich auf den Weg", sagte ich und griff nach meiner Jacke, die ich über die Sessellehne gelegt hatte.

„Wenn sich Rabenacker noch melden sollte, kannst du mir ja Bescheid geben."

Sigrid sah überrascht auf. „Willst du nicht noch wenigstens eine halbe Stunde warten?"

Ich schüttelte den Kopf. „Nein, lass mal. Ich bin ziemlich müde. Tut mir leid."

Sie zuckte die Schultern. „Gut, wie du willst."

Sie wirkte plötzlich niedergeschlagen. Ihre bis jetzt zur Schau gestellte Zuversicht schien sich mit einem Schlag aufgelöst zu haben. Ich ging einen Schritt auf sie zu und nahm sie in den Arm.

„Kopf hoch," sagte ich. „Die Anzeige steht erst seit ein paar Stunden in der Zeitung. Wahrscheinlich hat er sie noch gar nicht gesehen. Du hast vorhin selbst gesagt, dass wir die Hoffnung nicht aufgeben dürfen."

Sie schaute mich an und lächelte schwach.

„Du hast ja recht." Sie griff nach der Zeitung und schlug die Seite mit dem Inserat für den Lurch auf. „Ich dachte nur, vielleicht wäre eine andere Formulierung doch besser gewesen. Wenn Stefan sich nun doch nicht mehr an die Frau im Sekretariat erinnern kann. Wenn ... "

Plötzlich stieß Sigrid einen Schrei aus. „Tim, komm her!", rief sie, obwohl ich keinen halben Meter von ihr entfernt stand. „Komm her, um Himmels Willen, sieh dir das an!"

„Was ist denn?" Ich tat den einen Schritt zu ihr hin und sah über ihre Schulter auf die Seite, die sie aufgeschlagen hatte. Gut, da war unsere Annonce, die ich aufgegeben hatte. Den Text kannte ich mittlerweile in- und auswendig. Also musste es etwas anderes sein.

„Was ist denn?", wiederholte ich und sah Sigrid von der Seite an, um herauszufinden, auf welche Stelle ihr Blick genau fiel. Dann sah ich es auch.

„Mannomann", flüsterte ich. „Das wäre tatsächlich eine Möglichkeit."

Direkt über der Anzeige für Rabenacker, war die Ankündigung einer Theateraufführung in der Wiesbadener Wartburg abgedruckt. Eine moderne Adaption von Kiplings Dschungelbuch, in der die Tiere zum Teil homoerotische Beziehungen untereinander pflegten. Ich nahm Sigrid die Zeitung aus der Hand. „Das könnte es wirklich sein".

„Nein", widersprach sie und fügte, als sie mein erstauntes Gesicht sah, hinzu: „Das ist es. Ich weiß genau, dass ich recht habe. Glaub mir, ich fühle es."

„Jedenfalls passt alles zusammen", sagte ich und reichte Sigrid das Blatt zurück.

„Als Schauspieler in Tierkostümen aufzutreten, erlaubt Rabenacker unerkannt zu bleiben und doch mit Auftritten in aller Öffentlichkeit seinen Lebensunterhalt zu verdienen. Erfahrung damit hat er ja, wie das Foto von ihm im Pinguinkostüm beweist. Alle Achtung. Wenn dem wirklich so ist, verdient der Lurch wirklich Respekt. Dazu gehört schon was, finde ich."

„Die nächste Vorstellung ist morgen Abend," sagte Sigrid. „Wollen wir da zusammen hingehen?"

„Und ob wir wollen", erwiderte ich. „Wir können uns um Viertel vor acht vor der Wartburg treffen. Ich komme von der Arbeit direkt dorthin."

„Du jobbst morgen wieder bei diesem Debessin?"

„Ja, geht nicht anders. Ich brauche das Geld."

„Warte kurz, ich bin gleich wieder da." Sigrid stand auf und verließ das Zimmer. Als sie zurückkam, hatte sie ihre Handtasche dabei.

„Willst du noch weggehen?", fragte ich.

„Nein, mir fiel nur ein, dass ich dir noch dein Honorar geben muss." Sie öffnete die Handtasche, holte eine Geldbörse heraus und entnahm dieser einige Banknoten.

„Hier, nimm."

„Nicht doch", wehrte ich ab. „Deswegen habe ich das mit dem Geld nicht gesagt."

„Das weiß ich doch. Nun nimm schon, schließlich habe ich dich engagiert!" Sie schob mir die Scheine zwischen Ellbogen und Rippen. Ich nahm das Geld und stopfte es in die Hosentasche, ohne Sigrid anzusehen. Bevor ich etwas sagen konnte, schob Sie mich zur Tür.

„Und jetzt raus mir dir, sonst verpasst du noch den letzten Bus. Wir sehen uns morgen!"

Kapitel 12

Ich konnte es kaum erwarten, die Arbeit bei Mulland Electronic hinter mich zu bringen. Schon die bloße Anwesenheit des Albinos Marcus Winter reizte meine Nerven bis zum äußersten. Heute war es besonders schlimm. Den Theaterbesuch mit Sigrid vor Augen, fiel mir die Konzentration auf die Arbeit schwer, was dazu führte, dass ich Fehler machte. Winter rieb mir jeden einzelnen von ihnen genüsslich unter die Nase.

„Lassen Sie's gut sein", sagte ich schließlich genervt. „Ist halt heute nicht mein Tag. Ist Ihnen das noch nie so gegangen?" Ich stand auf und zog meine Jacke an.

„Wo wollen Sie hin?", fragte Winter. „Es sind noch zehn Minuten bis zu Ihrem Feierabend."

„Sagen Sie dem Chef, er soll es mir vom Lohn abziehen. Ich habe noch einen Termin." Beinahe hätte ich noch: *eine Verabredung fürs Theater* hinzugefügt, konnte mich aber gerade noch bremsen. Winters stechenden Blick im Nacken fühlend, verließ ich das Büro und lief langsam in Richtung Schwalbacher Straße.

Obwohl ich mir bei meinem Gang über den Luisenplatz und durch die Fußgängerzone Zeit ließ, stand ich viel zu früh vor der Wartburg. Ich musste jedoch nicht lange warten, denn Sigrid hatte es offensichtlich nicht länger zu Hause ausgehalten.

„Sollen wir noch etwas trinken, bevor wir reingehen?", schlug ich vor.

Sie schüttelte den Kopf. „Bloß nicht, sonst muss ich noch im falschen Moment auf Toilette."

Wir gingen die Treppe hinauf zur oberen Bühne. Ich war das erste Mal hier. Theaterbesuche gehören nicht gerade zu meinen bevorzugten kulturellen Aktivitäten. Der Raum bot etwa einhundert Besuchern Platz. Wir gingen an den höher gelegenen hinteren Sitzreihen vorbei und setzten uns weiter unten hin, nur wenige Meter von der Bühne entfernt. Da es bis zum Vorstellungsbeginn noch einige Zeit hin war, saßen außer Sigrid und mir bis jetzt nur drei andere Personen im Zuschauerraum. Ich musterte sie und stellte beruhigt fest, dass mir keiner von Ihnen bekannt war oder verdächtig vorkam. Nach und nach kamen mehr Zuschauer und der Raum füllte sich zusehends. Dadurch verlor ich den Überblick und konnte nicht mehr jeden einzelnen Besucher dahingehend unter die Lupe nehmen, ob er mir bekannt oder gar bedrohlich erschien. Ich schaute zur Seite auf Sigrid und sah, wie sie ihre Hände knetete. Auch meine Anspannung nahm zu. Wenn wir uns nicht getäuscht hatten und alles so ablief, wie wir uns das vorstellten, würde unsere Suche nach dem Lurch heute Abend zu Ende gehen. Nervös betrachtete ich die über mir hängende Eisenträgerkonstruktion, an der mehrere Scheinwerfer befestigt waren und wünschte, die Vorstellung möge jetzt beginnen. Mein Wunsch wurde bald darauf erhört. Nachdem die Bühne einige Sekunden unbeleuchtet und somit in Dunkel getaucht war, begann das Stück. Es war ein mit vielen eingängigen Liedern durchsetztes Musical, kurzweilig und stellenweise sogar lustig. Dennoch sehnte ich das Ende herbei und ein Seitenblick auf meine Begleitung verriet mir, dass es ihr nicht anders ging. Sigrid knetete immer noch ihre

Hände und ballte sie zwischendurch zu Fäusten. Glücklicherweise gab es keine Pause, denn die zusätzliche Warterei hätte uns vermutlich in den Wahnsinn getrieben. Plötzlich fiel mir ein, dass wir wohl Schwierigkeiten haben würden, den Lurch unter all den als Tiere maskierten Darsteller ausfindig zu machen.

Ich stieß Sigrid leicht in die Seite und beugte mich zu ihr rüber. „Hast du eine Ahnung, wer von denen Rabenacker sein könnte?"

„Wie denn?", gab sie zurück. „Ich hatte gehofft, irgendeine charakteristische Bewegung zu erkennen, aber bis jetzt ist mir nichts aufgefallen."

„Warten wir halt das Ende ab. Wenn die Schauspieler den Applaus entgegennehmen, werden sie das wohl ohne ihre Masken tun."

Ihr Blick drückte Zweifel aus. Ich konnte mir denken, warum. Die Vorstellung, dass der Lurch hier in aller Öffentlichkeit die Maske fallen lassen würde, erschien angesichts der Tatsache, dass er alles daran setzte, unerkannt und auffindbar zu bleiben, geradezu absurd. Die einzige Erklärung, die mir dazu einfiel, war die, dass wir uns mit der Vermutung, Rabenacker würde hier mitspielen, getäuscht hatten. Missmutig wartete ich das Ende der Vorstellung ab. Auch die turbulente Szene, in der Balu, der Bär sich unter die Affen mischte und alle wild auf der Bühne zu fetzigen Rhythmen herumtanzten, konnte meine Stimmung nicht heben. Sigrid erging es wohl ebenso, aber das übrige Publikum geriet ganz aus dem Häuschen und spendete reichlich Szenenapplaus. Endlich fiel der Vorhang und die Schauspieler erschienen abwechselnd einzeln oder in kleinen Gruppen auf der Bühne, um sich unter dem tosenden Beifall zu verbeugen. Diejenigen, welche während des Stückes eine Maske getragen hatten, hielten diese nun in der Hand.

„Hast du ihn jetzt gesehen?", fragte ich erneut, wobei ich Mühe hatte, den Lärm zu übertönen.

Sigrid schüttelte wortlos den Kopf.
„Gut, dann lass uns gehen."
„Warte noch, am Schluss kommt bestimmt noch das ganze Ensemble geschlossen auf die Bühne. Das will ich mir noch ansehen. Vielleicht ist er ja doch dabei."
„Wie du willst." Ich lehnte mich zurück und übte mich in Geduld. Inzwischen war jeder Schauspieler zwei- oder dreimal auf der Bühne erschienen. Der Applaus wurde allmählich schwächer. Sigrid hatte recht. Angeführt vom Darsteller des Mogli betraten die Schauspieler im Gänsemarsch die Bühne, um sich gemeinsam vor dem Publikum zu verbeugen. Rabenacker war nicht darunter. Ich machte mich bereit, aufzustehen, als ich Sigrids Ellbogen an meinen Rippen spürte.
„Sieh doch!", rief sie und deutete auf den Darsteller von einem der Affen, der im Gegensatz zu seinen Kollegen die Maske aufbehalten hatte und allerlei Faxen machte. Er fuchtelte wild mit den Armen, tanzte um die anderen Schauspieler herum und wühlte in ihren Haaren. Es war witzig anzusehen und aus dem Publikum waren vereinzelte Lacher zu hören. Endlich wurde der Affe von zwei seiner Nebenleute gebändigt und in die Reihe seiner Mitspieler gezwungen. Das Gerangel wirkte so echt, dass ich nicht unterscheiden konnte, ob es sich hier um Schauspielerei oder bitteren Ernst handelte. Während ihn seine Kollegen festhielten, wurde dem rebellischen Affen von einem weiteren Mitglied des Ensembles die Maske vom Gesicht genommen. Dann verbeugte sich der bis dahin verkleidete Mann unter dem erneut anschwellenden Applaus des Publikums so tief, dass von seinem Kopf nur noch der dichte Haarschopf zu erkennen war. Rabenackers Haar war schwarz. Das Haar dieses Schauspielers hingegen blond. Eigentlich richtig gelb, denn es war schlecht gefärbt. Doch bevor der Lurch sein Gesicht dem Bühnenboden zugewandt hatte, war seine weit hervorragende Nase eindeutig zu erkennen gewesen. Der Schauspieltrupp löste sich auf, indem die einzelnen Mitglieder

unter Winken und Lachen durch die Ausgänge, die sich zu beiden Seiten der Bühne befanden, verschwanden. Sigrid und ich starrten uns an.

„Was jetzt?", fragte sie.

„Keine Ahnung. Hinterher, oder?"

Obwohl wir ziemlich weit unten saßen, gab es doch noch einige Stuhlreihen vor uns. Diese waren bis auf den letzten Platz besetzt gewesen und die Menschen strömten uns nun auf dem Mittelgang entgegen, um den Saal zu verlassen.

„Bis wir uns da durch geschafft haben, ist Stefan über alle Berge!", sagte Sigrid verzweifelt.

„Ach was", gab ich zur Antwort. „So viele sind es auch nicht, komm!"

Wir drängten uns an den Entgegenkommenden vorbei und ernteten einige empörte Bemerkungen, die ich mit halbherzigen Entschuldigungsäußerungen beantwortete. Dann standen wir vor der Bühne.

Ich wandte mich nach rechts und ging zu der Tür, die uns am nächsten war. Sigrid folgte mir auf dem Fuß. Ich klopfte einmal kurz gegen das Türblatt und drückte die Klinke. Die Tür ging auf und gab den Blick auf einen Mann frei, der gerade dabei war, aus seinem Affenkostüm zu steigen. Als wir eintraten, drehte er sich von uns weg und griff hastig nach seiner Maske.

„Lass gut sein, Rabenacker", sagte ich, was jedoch seine Panik nur zu vergrößern schien. Dann aber erblickte der Lurch Sigrid, die hinter mir hervortrat und er entspannte sich merklich. Es wirkte auf mich, als fiele eine zentnerschwere Last von ihm ab.

„Dann ist es also endlich vorbei", sagte der Lurch, wie um meinen Eindruck zu bestätigen.

Teil II

DER LURCH – GEFUNDEN

Kapitel 13

Wir nahmen den Lurch in die Mitte und verließen die Wartburg. Rabenacker trug eine Baseballkappe, die er tief ins Gesicht zog.

„Mein Wagen steht gleich dort vorn", sagte Sigrid und deutete auf ihren blauen Mini Cooper. Ich überließ Rabenacker großzügig den Beifahrersitz und quetschte mich auf die Rückbank.

„Fahren wir am besten gleich zu mir, oder?" fragte Sigrid, die sich zu mir umgedreht hatte.

„Lieber zu mir", sagte ich. „Das erspart uns unnötige Fahrerei." Inzwischen war ich überzeugt davon, dass Sugar mich nicht in meiner Wohnung aufsuchen würde. Es wäre sicher längst passiert, wenn er das vorgehabt hätte, geschweige denn dazu in der Lage gewesen wäre. Den für mich ausschlaggebenden Grund, dass ich fürchtete, Klaus Westmann könnte morgen bei Sigrid auftauchen und dem Lurch über den Weg laufen, behielt ich allerdings lieber für mich. Auch wenn ich inzwischen meine Vorstellung, bei

Westmann könne es sich um Sugar handeln, völlig lächerlich fand, war es sicher besser, Rabenackers Aufenthalt so wenigen Leuten wie möglich bekannt zu machen. Außerdem ersparte ich Sigrid auf diese Weise ein mögliches Eifersuchtsdrama.

„Klaus hätte sicher kein Problem damit, wenn Stefan bei mir im Gästezimmer schläft", sagte Sigrid in diesem Moment, als könne sie meine Gedanken lesen.

„Natürlich nicht", bestätigte ich im Brustton der Überzeugung. Sigrid ließ den Motor an, und ich drehte mich so, dass ich aus dem Rückfenster schauen konnte, um Sigrid beim Hinausfahren aus der engen Parklücke zu helfen. Was ich in diesem Moment sah, entlockte mir ein entsetztes Keuchen.

„Was ist?", fragten Sigrid und Rabenacker unisono.

„Zieh den Kopf ein!", schrie ich den Lurch an. „Los, duck dich!"

„Was ist denn?", wiederholte Sigrid.

„Die Frau da hinten, die Blondine", sagte ich. „Hab ich dir von der nicht erzählt? Das ist die, die mir bei Mulland Electronic Design und Frau Königs Institut über den Weg gelaufen ist. Ich bin immer mehr davon überzeugt, dass sie Sugar ist. Sie kam eben aus der Wartburg. Wenn sie auch die Vorstellung besucht hat, war das nie und nimmer ein Zufall."

„Sugar?", quiekte der Lurch, der sich auf der Fußmatte vor seinem Sitz zusammengekauert hatte. „Scheiße, ich bin im Arsch!"

Recht hat sie, die Scheiße, war das, was mir als Erstes dazu einfiel.

„Ich sehe die Frau nicht", sagte Sigrid, die angestrengt in die Richtung sah, die ich ihr angezeigt hatte.

„Jetzt ist sie ja auch weg", gab ich zurück. „Los, machen wir, dass wir auch von hier fort kommen."

Sigrid steuerte den Mini aus der Parklücke und fädelte sich in den Abendverkehr ein.

„Fahr ein paarmal um den Block", forderte ich sie auf. „Ich will sehen, ob uns jemand folgt."

Mit einem kurzen Nicken gab sie mir zu verstehen, dass sie mich verstanden hatte und konzentrierte sich dabei weiterhin angestrengt auf den Verkehr. Das war auch bitter nötig, denn sie legte eine Fahrweise an den Tag, um die sie sogar Le Meur glühend beneidet hätte. Der Lurch kauerte noch immer auf der Fußmatte und gab außer einem kläglichen Wimmern nichts von sich. Nach einigen Minuten, die wir mit waghalsigen Spurwechseln und Abbiegemanövern glücklich überlebt hatten, war ich überzeugt davon, dass wir jeden potentiellen Verfolger abgehängt hatten.

„Ich denke, wir können es jetzt riskieren, zu mir zu fahren", sagte ich.

Rabenacker tauchte zögernd aus der Versenkung auf. „Bist du sicher, Mann?", fragte er und blickte sich misstrauisch um.

„Ich werde nicht zu dir mitkommen", ließ sich Sigrid vernehmen. „Ich setze euch in der Seerobenstraße ab und mache mich direkt auf den Heimweg. Macht euch bereit zum Ausstieg. Falls uns die Blonde doch noch in einigem Abstand folgt, kriegt sie vielleicht nicht mit, wenn ihr den Wagen verlasst. Dann seid ihr in Sicherheit."

„Und du?", fragten der Lurch und ich gleichzeitig.

„Ich bekomme ganz sicher mit, wenn sich jemand an meine Stoßstange hängen will." Ihr Lächeln, mit dem sie das sagte, irritierte mich ein wenig. Es hatte etwas Psychopathisches an sich.

„Wenn ich allein im Auto bin, kann ich endlich mal richtig Gas geben. „Los jetzt, raus mit euch!"

Ich schaute noch einmal durch das Rückfenster. Es war niemand hinter uns. Sigrid hatte recht. Eine bessere Gelegenheit, eventuelle Verfolger abzuschütteln, gab es nicht. Rabenacker war bereits dabei auszusteigen. Ich beeilte mich, es ihm gleich zu tun. „Ruf mich sofort an, wenn du zu Hause bist, o.k.?", sagte ich, bevor ich die Autotür zuschlug.

„Versprochen," antwortete sie und gab Gas.

Ich nahm den Lurch ins Schlepptau und lotste ihn in meine Dachwohnung. Er ließ sich in einen Sessel fallen und atmete geräuschvoll aus.

„Willst du was trinken?", fragte ich ihn. Rabenacker nickte. Ich ging in die Küche, um Saft, Wasser und zwei Gläser zu holen.

„Hier, bedien dich."

Rabenacker ignorierte meine Aufforderung und rührte die Getränke nicht an. Stattdessen wanderte sein Blick ruhelos im Zimmer umher.

„Suchst du was Bestimmtes?", fragte ich.

„Hast du keinen Fernseher?"

„Nein", antwortete ich knapp.

„Echt nicht?"

„Echt nicht", wiederholte ich. „Schädliche Strahlung."

Der Lurch verdrehte die Augen und trommelte mit den Fingern auf der Sessellehne herum. Offensichtlich hatte er seine Einstellung zum Elektrosmog geändert. In diesem Moment wünschte ich mir nichts so sehr wie ein Fernsehgerät. Es wäre wahrscheinlich hervorragend dazu geeignet gewesen, Rabenacker abzulenken und ihn nicht auf dumme Gedanken kommen zu lassen. Unter den gegebenen Umständen jedoch ließ der nächste Geistesblitz des Lurchs nicht lange auf sich warten.

„Du hast doch 'ne Knarre, oder?"

„Nicht mehr", antwortete ich und schenkte uns beiden ein. Der Lurch schnellte aus seinem Sessel.

„Heißt das, wir können uns nicht einmal verteidigen?"

„Beruhige dich", sagte ich. „Du bist hier sicher."

Woher ich diese Zuversicht nahm, wusste ich in diesem Moment selbst nicht so genau. Tatsache war jedoch, dass sich mein Gefühl der Bedrohung durch Sugar in letzter Zeit erheblich verringert hatte. Der Killer trat nicht mehr so vehement auf, wie zu Beginn meiner Suche nach dem Lurch.

Nach dem Mord an Janosch und dessen Genossin hatte es keine Bluttat mehr gegeben, die mit Rabenacker im Zusammenhang stand. Die Äußerungen, die der Killer in dem abgehörten Gespräch mit Debessin gemacht hatte, schienen auch eher darauf hinzudeuten, dass Sugar in seiner Mission nicht so richtig vorankam. Das Nervenbündel mir gegenüber teilte meinen Optimismus offensichtlich nicht. Es verzog die Mundwinkel zu einem spöttischen Grinsen und deutete aus dem Fenster.

„Sicher? Hier? Mann, wir stecken im obersten Stock eines Hinterhauses, zu dem nur ein einziger Eingang führt! Wenn ich mitbekommen will, wer durch den Hof zu uns herauf will, muss ich die ganze Zeit hier am Fenster hängen und gebe dabei selbst eine hervorragende Zielscheibe ab. Es gibt keinen Fluchtweg und dann hast du großer Meisterdetektiv auch noch deine Pistole weggegeben, sodass wir uns noch nicht einmal wehren können! Was passiert, wenn Sugar das Hinterhaus betreten hat? Er braucht doch nur zu warten, bis wir eingeschlafen sind und kann uns dann in aller Ruhe abmurksen. Vergiss es, Mann. Ich bleibe hier keine Minute länger!"

Der Lurch machte tatsächlich Anstalten, aufzustehen. Die Erleichterung darüber, dass wir ihn aufgespürt hatten und er sich zum ersten Mal seit langem jemandem anvertrauen konnte, war bei ihm unzweifelhaft nicht mehr vorhanden. Als Rabenacker Sigrid und mir gefolgt war, hatte er wie betäubt gewirkt, was neben der erwähnten gewissen Erleichterung wohl auch dem Schock über seine Entdeckung zuzuschreiben war. In meinem Gehirn spielten hundert verschiedene Gedanken Nachlaufen. Bloß keinen Fehler machen, dachte ich mir. Ich durfte den Lurch nicht noch einmal verlieren. Während ich noch fieberhaft überlegte, was ich Rabenacker entgegnen konnte, um ihn zum Hierbleiben zu bewegen und sogar daran dachte, ihm die baldige Neuanschaffung eines TV-Geräts in Aussicht zu stellen, klingelte das Telefon. Ich hoffte, dass es Sigrid war, die da anrief. Wenn jemand den Lurch jetzt noch beruhigen konnte, dann wohl sie. Ich griff hastig nach dem Hörer.

„Sigrid bist du es?"

„Ja, ich bin es, Tim." Mir fiel ein Stein vom Herzen. Plötzlich war ich so durcheinander, dass ich vergaß, zu sprechen.

„Tim, bist du noch dran?"

„Ich? Aber gewiss doch. Ist bei dir alles glatt gelaufen?"

„Es gab überhaupt keine Probleme. Ich bin absolut sicher, dass mir niemand gefolgt ist. Wie sieht es bei euch aus?"

„Darauf wollte ich gerade zu sprechen kommen", sagte ich und winkte dem Lurch zum Zeichen, dass er herkommen und sich anhören sollte, was Sigrid ihm wohl gleich zu sagen hatte.

„Dein Freund Stefan fühlt sich bei mir anscheinend nicht sonderlich wohl. Er will sich gerade wieder aus dem Staub machen."

„Was?"

„Am besten, du redest mal mit ihm", sagte ich und reichte Rabenacker den Hörer. Entweder hatte er Sigrid nicht viel zu sagen oder sie ließ ihn einfach nicht zu Wort kommen. Jedenfalls hörte ich den Lurch während seines Gesprächs mit ihr nur zwei Worte sagen. Ein 'Hallo' zu Beginn und ein 'Okay' am Ende. Dann legte er langsam den Hörer zurück auf die Gabel und ließ sich wieder in den Sessel fallen.

„Und?", fragte ich knapp.

„Einverstanden. Ich bleibe heute Nacht hier. Aber nur heute Nacht, verstanden?"

Ich zuckte die Schultern. „Wie du willst. Ich werde dich nicht zwingen, hierzubleiben."

Der Lurch murmelte etwas, das sich wie 'will ich dir auch nicht geraten haben' anhörte. Obwohl mich diese Bemerkung ärgerte, beschloss ich, nicht darauf zu reagieren. Diese Nacht konnte ich seine Anwesenheit wohl noch aushalten, aber ich freute mich schon jetzt darauf, wenn er meine Wohnung wieder verlassen würde. Mein Gewissen zwickte mich sofort, nachdem ich diesen Gedanken zu Ende gedacht hatte. Ein wenig mehr Verständnis meinerseits war sicher angebracht. Immerhin saß mir hier ein Mensch gegenüber, der die letzten Wochen in ständiger Angst verbracht hatte, umgebracht zu werden, Aufgrund meiner eigenen Erfahrungen mit Sugar müsste ich doch eigentlich nachempfinden können, was Stefan Rabenacker gerade durchmachte.

„Wie soll es jetzt weitergehen?", fragte ich, um einen versöhnlichen Ton bemüht. „Willst du ewig im Untergrund leben, ständig auf der Flucht sein?"

Der Lurch zuckte die Schultern. „Bleibt mir wohl kaum was anderes übrig. Vielleicht verliert Sugar ja irgendwann das Interesse an der Jagd nach mir."

Ich hatte da so meine Zweifel, wollte Rabenacker jedoch nicht die Hoffnung nehmen.

„Wo hast du die letzte Zeit geschlafen?", fragte ich stattdessen.

„Mal hier, mal da. Meist abwechselnd bei Mitgliedern des Schauspielensembles. Nie lange hintereinander. Höchstens zwei Nächte."

Ich beugte mich vornüber und sah dem Lurch direkt ins Gesicht.

„Wenn du wieder ein halbwegs normales Leben führen willst, hast du nur eine Möglichkeit", sagte ich.

„Und die wäre?"

„Du musst auspacken." Während ich dies sagte, breitete ich die Arme aus und präsentierte dem Lurch meine Handflächen.

„Leg die Karten auf den Tisch, damit Debessin der Prozess gemacht werden kann. Überlege doch. Deine Verfolger werden so lange hinter dir her sein, wie sie eine Chance sehen, zu verhindern, dass du das Fotomaterial publik machst. Wenn das aber erst einmal geschehen ist, haben sie keinen Grund mehr, dir auf den Fersen zu sein."

Rabenacker verzog spöttisch das Gesicht. „Haben sie nicht, meinst du? Schon mal was von Rache als Motiv gehört?"

„Niemand kann Vergeltung üben, wenn er im Gefängnis sitzt", sagte ich.

Der Lurch war alles andere als überzeugt. „Wer sagt denn, dass es überhaupt zu einer Verhandlung, geschweige denn einer Verurteilung kommen muss? Debessin ist ein einflussreicher Mann. Vielleicht pauken ihn seine Anwälte raus, oder sie bieten dem Staatsanwalt einen Kuhhandel an, bei dem er billig davon kommt."

Insgeheim musste ich zugeben, dass Rabenackers Befürchtungen nicht unbegründet waren. Schließlich hatte auch Auguste davon gesprochen, dass Debessin über einflussreiche Freunde verfügte. Die Art und Weise, wie die Ermittlungen der Polizei in den Morden am Ehepaar Basche und den beiden Wiesbadener Politaktivisten bisher verlaufen waren, bestätigten meiner Meinung nach die Vermutung, dass von höherer Entscheidungsebene aus mindestens eine schützende Hand über Debessin und die Firma Mulland Electronic Design gehalten wurde. Dennoch war ich nicht bereit, daraus dieselbe Konsequenz wie der Lurch zu ziehen. Sich einzuigeln, in der Hoffnung, irgendwann in Ruhe gelassen zu werden, würde nicht funktionieren. Dessen war ich mir sicher. Allerdings wusste ich auch, dass es jetzt keinen Zweck hatte, weiter in ihn zu dringen. Sinnvoller war es wohl, sich auszuruhen und die Probleme morgen mit ausgeschlafenem Kopf anzugehen.

„Du kannst hier auf der Couch schlafen", sagte ich und stand auf. „Ich besorge dir noch etwas Bettzeug."

„Nur keine Umstände", erwiderte der Lurch. „Eine Decke oder ein Schlafsack reicht mir."

„Wie du meinst." Ich holte die Sachen und gab sie ihm.

„Die Toilette ist draußen, eine Treppe weiter unten", sagte ich. „Waschbecken gibt es nur in der Küche. Ist nicht gerade die Fünf-Sterne-Kategorie, aber die Wohnung ist billig."

Rabenacker quittierte meine Ausführungen mit einem weiteren Schulterzucken.

„Hab schon schlimmer gewohnt," meinte er. „Und wie gesagt, morgen bin ich sowieso weg."

„Na dann, schlaf gut."

Ich war bereits an der Tür, als ich mich noch einmal zu ihm umdrehte.

„Lass den Kopf nicht hängen. Ich habe einen Freund bei der Polizei, der ist wirklich gut. Wir werden uns schon was einfallen lassen, um dir zu helfen."

„Da seid ihr ja schon zu dritt", sagte der Lurch mit sarkastischem Unterton. „So viel Fürsorge habe ich ja seit meiner Windelzeit nicht mehr erlebt."

„Du meinst wir sind zu dritt, oder?"

„Nein ihr. Du, dein Bullenfreund und Sigrid. Sie kommt übrigens morgen zum Frühstück."

Ich schloss die Augen. „Hat sie dir das vorhin am Telefon gesagt?"

„Yep."

„Dann sollten wir uns jetzt wirklich hinlegen. Sigrid ist Frühaufsteherin und morgens entsetzlich dynamisch."

„Da kann ich mich noch gut dran erinnern", sagte der Lurch und schlüpfte in den Schlafsack.

Kapitel 14

Sigrid zeigte sich gnädig und erschien erst kurz nach halb zehn bei mir in der Wohnung. Dafür hatte sie Brötchen und zu meinem Entzücken auch einige vegetarische Brotaufstriche aus dem Reformhaus mitgebracht. Ich konnte ihr ansehen, wie sie sich darüber freute, dass ich mich freute.

„Aber einen ungesund starken Bohnenkaffee wirst du doch hoffentlich für mich haben", sagte sie, während sie auf einem Küchenstuhl Platz nahm.

„Na, klar doch", entgegnete ich und setzte Wasser auf.

„Zumindest so lange, wie ich selbst noch süchtig danach bin."

Der Lurch hatte sich inzwischen aus dem Schlafsack geschält und zu uns gesellt.

„Für mich keinen Teller", sagte er. „Ich kriege morgens noch nichts runter."

„Wie du meinst." Ich deckte den Tisch und schaufelte Kaffeepulver in den Filter. Als ich damit fertig war, wandte ich mich noch einmal an ihn.

„Hast du dir schon überlegt, ob du auspacken willst?"

Der Gesichtsausdruck des Lurchs wurde schlagartig derart abweisend, dass ich das Thema vorerst fallen ließ. Dafür nahm jedoch Sigrid zu meiner Überraschung den Faden sofort wieder auf und hakte nach. „Wir sollten uns erst einmal um Stefans Sicherheit kümmern. Wenn wir das erledigt haben, können wir uns überlegen, wie wir das Material, das er gesammelt hat, an die Öffentlichkeit bringen."

„Er wird erst in Sicherheit sein, wenn die Unterlagen veröffentlicht wurden", widersprach ich. „So wie wie du es angehen willst, Sigrid, zäumst du das Pferd von hinten auf."

„Darf ich vielleicht auch mal was dazu sagen?", meldete sich der Lurch zu Wort.

„Klar", sagte ich. „Wir hören."

„Ich habe tatsächlich darüber nachgedacht, wie es für mich weitergehen soll", begann er. „Die halbe Nacht oder was davon noch übrig war, habe ich wach gelegen. Nun, um es kurz zu machen, ich bin ziemlich am Ende. Mein Engagement beim Theater läuft bald aus, dann muss ich mich nach einem anderen Job umsehen. Das ist gar nicht so einfach, wenn man sich in der Öffentlichkeit nicht sehen lassen darf. Die Statistenrollen in Ganzkörperkostümen sind auch nicht gerade dick gesät. Mit dem Part im Dschungelbuch hatte ich riesiges Glück."

Er schwenkte den Rest Kaffee in seiner Tasse und schluckte ihn dann herunter. Ich schenkte ihm schnell nach, in der Absicht, ihn bei Laune zu halten. Bisher hatte der Lurch eher misstrauisch und abweisend gewirkt. Offensichtlich begann er jetzt aufzutauen, was gewiss zum großen Teil auf Sigrids Anwesenheit zurückzuführen war.

„Dein Bullenfreund", wandte sich Rabenacker plötzlich an mich. „Bist du sicher, dass man ihm vertrauen kann?"

„Absolut", entgegnete ich. „Solange du ihn nicht in seiner Gegenwart 'Bulle' nennst, weil ihr dann ein Problem miteinander bekommt. Ansonsten lege ich für Jelzin die sprichwörtliche Hand ins Feuer."

Der Lurch nickte. „Gut, also ich habe mir Folgendes überlegt. Ich will auspacken. Allerdings brauche ich dafür eure

Unterstützung. Solange es dauert, bis die Aufnahmen, die ich gemacht habe, in den Medien veröffentlicht werden und ein Prozess gegen Debessin ins Rollen gebracht wird, benötige ich einen Unterschlupf. Die Fotos befinden sich in einem Schließfach im Hauptbahnhof. Ich werde sie deinem Kripobeamten übergeben. Der soll das Verfahren in die Wege leiten. Glaubst du, dass er dazu in der Lage ist?" Rabenacker schaute mich prüfend an.

„Klar", sagte ich ohne zu zögern. „Wenn das jemand schaffen kann, dann Le Meur."

Der Lurch schien noch nicht überzeugt.

„Bist du auch dieser Ansicht?", fragte er Sigrid.

„Ich kenne den Mann nicht so gut, wie Tim", antwortete sie zunächst ausweichend. „Aber er scheint mir durchaus zuverlässig zu sein", fügte sie zu meiner Erleichterung noch hinzu.

„Das Problem wird tatsächlich sein, dir eine sichere Bleibe zu verschaffen. Ich würde dir ja anbieten, bei mir zu wohnen, aber momentan ist es ein wenig schwierig", sagte sie und schickte einen Seitenblick in meine Richtung.

„Sigrid hat einen neuen Freund, der sie öfter in ihrem Heim beglückt, wie das bei frisch Verliebten eben so ist", erklärte ich bereitwillig und genoss ihre Verlegenheit in vollen Zügen - zumindest so lange, bis sie mir unter dem Tisch einen kräftigen Tritt versetzte. Nach einigen Sekunden betretenen Schweigens machte ich den Vorschlag, unsere Besprechung in der Wohnung des Cyborgs fortzusetzen und von dort aus Le Meur anzurufen und ihn zu uns zu bitten.

„Jetzt, wo Stefan bei uns ist, sollten wir absolut jedes Risiko ausschließen, selbst wenn es uns noch so unwahrscheinlich erscheint", sagte ich. „Wenn es außer dem BKA in Wiesbaden noch einen abhörsicheren Platz gibt, von wo aus wir ungestört telefonieren können, dann ist es Maschines Wohnung."

„Maschine?" Der Lurch zog die Stirn kraus. „Was ist denn das für ein bescheuerter Name. Stammt der aus einem Superhelden-Comic?"

„Du kannst ihn von mir aus auch Cyborg nennen", fuhr ich Rabenacker an, „aber nicht anders, verstanden? Zumindest nicht, wenn du weiter auf meine und Maschines, ich betonte den Namen ausdrücklich, Hilfe zählen willst!"

Der Lurch schien aufbrausen zu wollen, aber Sigrid schaltete sich dazwischen.

„Lass gut sein, Stefan. Das hat gewiss seine eigene Geschichte und wir sollten nicht gegenseitig auf unseren wunden Punkten herumreiten."

Rabenacker murmelte etwas Unverständliches und entspannte sich wieder. Ich schenkte Sigrid einen dankbaren Blick. Sie wusste nichts von meiner besonderen Beziehung zu Maschine, kannte mich aber inzwischen lange genug, um zu merken, wann mir etwas so bitter ernst war, dass ich gegebenenfalls gewillt war, sämtliche Brocken ohne Rücksicht auf Verluste hinzuschmeißen.

„Also schön", ließ sich der Lurch vernehmen. „Wo wohnt er denn, dein Freund Maschine?"

Wir fuhren in Sigrids Mini nach Biebrich. Unterwegs rief ich den Cyborg von einer Telefonzelle aus an, um ihn auf unseren Besuch vorzubereiten. Sigrids Angebot, ihr Handy zu benutzen, lehnte ich aus Angst vor Abhöraktionen ab. Da ich nicht wusste, über welche Möglichkeiten Debessin und Sugar diesbezüglich verfügten, wollte ich kein Risiko eingehen. Der Vormittag war nicht gerade Maschines bevorzugte Tageszeit, um Gäste zu empfangen, aber er zeigte sich erstaunlich flexibel. Vielleicht hatte er gestern Abend nur vergleichsweise wenig gekifft und fühlte sich daher nicht so zerknittert wie an anderen Vormittagen.

„Ich sage schon mal unserem französischen Freund Bescheid", sagte er und legte gleich wieder auf.

Zufrieden kehrte ich zum Auto zurück. „Sollen wir nicht gleich an den Bahnhof fahren, um dein Schließfach zu leeren?", fragte ich den Lurch.

„Auf keinen Fall!", widersprach er entschieden.

„Wenn uns Sugar gestern Abend doch bis vor deine Wohnung gefolgt ist, observiert sie uns jetzt bestimmt. Die Gelegenheit, uns die Fotos abzujagen, wird sie sich sicher nicht entgehen lassen."

„Ich habe nicht den Eindruck, dass uns jemand folgt", sagte ich. „Ich bin zwar auch dafür, vorsichtig zu sein, aber wir dürfen uns auch nicht in eine Paranoia hineinsteigern."

„Ach, der Herr 'Ich-benutze-lieber-eine-Telefonzelle' denkt also ich bin paranoid?"

„Das habe ich nicht gesagt."

„Schluss jetzt!", befahl Sigrid. „Ich fahre jetzt direkt zu deinem Freund Maschine, Tim. Wir können die Pläne später zusammen mit Monsieur Le Meur abholen. Er ist ein erfahrener Polizist und ich sehe keinen Grund, warum wir auf seinen Schutz verzichten sollten."

Insgeheim musste ich zugeben, dass sie Recht hatte. Vor Rabenacker mochte ich dass jedoch nicht eingestehen. Also schwieg ich und starrte aus dem Fenster, ohne darauf zu achten, was draußen vor sich ging. Ich würde heilfroh sein, wenn dieser Fall vorüber und der Lurch wieder aus meinem Leben verschwunden war. Der Kerl brachte mich einfach auf die Palme.

Vor Maschines Wohnung trafen wir mit Le Meur zusammen, der gerade in seinem roten Alfa Romeo um die Ecke bog. Wir kamen überein, direkt zum Bahnhof zu fahren und dort die deponierten Fotos aus dem Schließfach, das der Lurch angemietet hatte, zu holen.

„Ist es wirklich nötig, dass wir alle in die Bahnhofshalle gehen?", fragte ein sichtlich nervöser Stefan Rabenacker. „Ich habe jedesmal Blut und Wasser geschwitzt, wenn ich dorthin gegangen bin."

„Wieso? Hast du etwa jeden Tag nachgesehen, ob die Bilder noch da sind?", witzelte ich.

„Quatsch, aber ich musste doch Geld nachwerfen, damit mir die Rotkäppchen das Fach nicht ausräumen."

„Die wer?" Sigrids Tonfall ließ erahnen, dass sie sich gerade ernsthaft Sorgen um den Geisteszustand ihres Studienfreundes machte.

„Er meint die Leute vom Sicherheitsdienst der Bahn", erklärte ich. „Die trugen bis vor einigen Jahren immer rote Mützen."

„Ich denke, es reicht, wenn ich allein das Schließfach ausräume", nahm Le Meur das eigentliche Thema wieder auf und streckte Rabenacker seine Handfläche entgegen, in die der Lurch brav den Schließfachschlüssel hineinlegte.

„Wo befindet sich das Fach?", fragte der Franzose.

„Gleich hinter Gleis Zehn, links neben dem Westausgang. Die Nummer ist im Schlüssel eingraviert."

„Hast du die Nummer nicht im Kopf?", fragte ich.

„Wie denn?", entgegnete Rabenacker gereizt. „Die Höchstmietdauer der Fächer beträgt zweiundsiebzig Stunden. Da ich nicht riskieren wollte, dass mein Fach von irgendwelchen Bahnangestellten geleert wird, bin ich alle zwei bis drei Tage hierher geschlichen und habe ein neues Fach belegt. Da kann man ja wohl mit den Zahlen schon mal durcheinander kommen."

Ich zog es vor, darauf nichts zu erwidern. Sich alle paar Tage aus seiner Deckung hervorwagen zu müssen, um die Papiere oder was auch immer in Sicherheit zu bringen, musste den Lurch gehörig unter Stress gesetzt haben. Ich hoffte ehrlich, dass der ganze Albtraum für ihn bald zu Ende gehen würde.

Auguste setzte sich in Bewegung und wir sahen ihm wie gebannt hinterher, bis er hinter den automatischen Glasschiebetüren zum Querbahnsteig verschwand. Wir hatten nicht viel Zeit, uns Sorgen um ihn zu machen, denn bereits nach etwa fünf Minuten kehrte der Franzose zu uns zurück. Er winkte uns zum Zeichen, dass alles in Ordnung sei, kurz zu und stieg dann in seinen Wagen. Sigrid startete den Motor ihres Mini Coopers und wir nahmen erneut Kurs in Richtung Maschines Wohnung.

„Den Kaffee serviere ich später", beschied uns Maschine. „Wie ich uns kenne, schüttet sonst irgendwer von uns seine Tasse über den Fotos aus."

Ich betrachtete den Cyborg so unauffällig wie möglich. Sein Zustand bereitete mir Sorgen. Die betonte Lässigkeit, die er an den Tag legte, waren die untrüglichen Anzeichen einer ihn erneut heimsuchenden Depression - zumindest für diejenigen, die Maschine näher kannten. Ich schalt mich einen Dummkopf dafür, dass ich nicht eher darauf gekommen war. Die Tatsache, dass ich den Cyborg heute früh telefonisch erreicht hatte, war nicht auf seine plötzliche Enthaltsamkeit in Sachen Drogen zurückzuführen, sondern darauf, dass er wieder einmal von seinen Dämonen heimgesucht worden war und keinen Schlaf gefunden hatte. Sehr mitteilsam oder gar erfreut über meinen Anruf, war der Freund bereits heute Morgen nicht gewesen. Ich tauschte mit Le Meur einen langen Blick. Auch ihm war der Zustand des Cyborgs nicht verborgen geblieben, wie ich von seinen Augen ablesen konnte. Der Beginn eines mir zunächst glänzend erscheinenden Plans zersplitterte in seine Einzelteile.

„Na los, Jelzin, zeig schon her, was du hast", forderte Maschine Le Meur auf.

Unser Exilpolizist griff in die Innentasche seines Jacketts und holte einen DIN-A5 Umschlag daraus hervor. Langsam öffnete er die Lasche und legte dann einige Fotos auf den Tisch. Alle außer dem Lurch, der die Fotos zur Genüge kannte, beugten sich nach vorne und starrten auf die Bilder.

„Also, ich erkenne gar nichts", sagte Sigrid. Sie wirkte enttäuscht und lehnte sich in ihren Stuhl zurück.

„Ich auch nicht", musste ich zugeben. „Technische Pläne, gut. Das wussten wir bereits vorher. Aber was das darstellen soll, können wahrscheinlich nur Militärexperten erkennen."

Rabenacker zog eine Aufnahme hervor, die von den anderen Fotos verdeckt worden war. „Hier, schaut euch mal das an. Vielleicht seht ihr dann klarer."

Wir beugten uns wieder gespannt nach vorn. Mehr als ein kugelförmiges Ding von geringer Größe war auf diesem Bild aber auch nicht zu sehen. Der Lurch griff erneut in den Stapel Fotos und förderte zwei weitere Aufnahmen zutage. Auf der ersten war ein Militärjeep zu erkennen. Zwei Dummies bildeten die Besatzung. Die Begründung dafür, warum kein echtes Personal auf den Autositzen saß, lieferte das nächste Bild. Ein Feuerball, wie bei einer gewaltigen Explosion. Stellenweise war noch etwas von der Karosserie und den Reifen des Jeeps erkennbar. So langsam bekam ich eine Ahnung davon, was es mit den Plänen und Fotos auf sich hatte.

„War da nicht noch eine CD in dem Umschlag?", fragte der Lurch. Le Meur nickte und holte die Silberscheibe heraus.

„Dann sehen wir uns die Sache doch einmal komplett an."

Maschine rollte davon und kehrte kurz darauf mit einem Laptop zurück. Auguste reichte mir das Netzkabel und ich steckte den Stecker in die Dose. Nachdem wir ungeduldig den Aufbau des Betriebssystems verfolgt hatten, legte der Cyborg die CD ein. Gebannt starrten wir auf den Bildschirm. Der Mediaplayer lud eine Videodatei ein und spielte sie ab. Zu sehen waren zwei uniformierte Soldaten. Einer von ihnen hielt die kleine Kugel in die Kamera, während der zweite Mann einige Einstellungen an dem runden Ding vornahm. Dank der hohen Bildschärfe war deutlich zu erkennen, wie der Soldat auf einem winzigen Display einige Koordinaten eingab. Dann schwenkte die Kamera herum und wir konnten den Jeep mit den zwei Dummies erkennen. Es sah so aus, als stünde er weit von den beiden Soldaten entfernt.

„Ich vermute, das Ganze wurde mit zwei verschiedenen Kameras aufgenommen und später zusammengeschnitten", sagte Le Meur.

Wie zur Bestätigung erfolgte ein Schnitt im Film und wir sahen wieder die beiden Soldaten mit der kleinen Kugel. Einer hielt sie hoch, als wollte er einen Drachen steigen lassen. Dann setzte sich die Kugel in Bewegung und hatte bald eine derartige Geschwindigkeit erreicht, dass sie nicht mehr zu erkennen war.

„Jetzt passiert's", meldete sich der Lurch zu Wort. Die Kamera schaltete wieder um. Gerade rechtzeitig, um noch einmal für einen kurzen Augenblick den Jeep mit den Dummies zu zeigen, der sich alsbald in einen einzigen Feuerball verwandelte.

„Wow", sagte ich, weil mir nichts anderes dazu einfiel.

„Eine Drohne mit unerhörter Präzisionssteuerung", ließ sich der Cyborg vernehmen. „Wird vermutlich bei der Explosion selbst dermaßen zerstört, dass Herkunft und Bautyp nicht mehr ermittelt werden können. Danach werden sich Militär- und Geheimdienste aller Herren Länder die Finger lecken." Le Meur blickte Rabenacker stirnrunzelnd an. „Diese Aufnahmen könnten dir eine Menge Ärger einbringen, mein Freund."

„Könnten???" Der Lurch schoss von seinem Stuhl hoch. „Ein verdammter Killer macht Jagd auf meinen Kopf, Mann! Ist das nicht schon Ärger genug?"

„Das ist es bestimmt", sagte Auguste ruhig. „Ich meinte aber zusätzlichen Ärger von offizieller Seite."

„Ärger mit Behörden?", fragte Sigrid. „Etwa der Polizei?"

Der Franzose nickte. „Auch. Ich dachte aber jetzt vor allem den Verfassungsschutz. Wenn das geheimes Material ist, das von Wissenschaftlern des hiesigen Militärs erforscht und entwickelt worden ist, wird seine Veröffentlichung mit Sicherheit als Landesverrat geahndet werden."

„Landesverrat?", riefen Sigrid, der Lurch und ich im Chor. Le Meur nickte erneut. „Wir haben nur eine Chance, die Fotos zu veröffentlichen und damit ungeschoren davonzukommen, wenn wir Debessin gleichzeitig nachweisen können, dass er

Waffen in Spannungsgebiete geliefert hat." Der Franzose stand auf und wühlte in einem Stapel alter Zeitungen, der neben der Zimmertür täglich ein wenig mehr in die Höhe wuchs. Er fand schnell, was er suchte. Offenbar war die fragliche Ausgabe nur wenige Tage alt. „Hier", Jelzin legte die Zeitung auf die Fotos. Ich kannte den Artikel, den er aufgeschlagen hatte. Er handelte von dem Anschlag auf die Hamasführer, deren Jeep auf ungeklärte Weise explodiert war.

„Soll das heißen, dass du glaubst, die Explosion sei von so einer Drohne ausgelöst worden, wie wir sie gerade auf dem Video gesehen haben?"

Le Meur zuckte die Schultern. „Ist nur so ein Bauchgefühl", meinte er.

„Selbst wenn es stimmt", sagte ich, „wie willst du das beweisen?"

„Wir bräuchten natürlich entsprechende Unterlagen", Jelzin kratzte sich am Kinn. „Lieferscheine, Frachtpapiere, Zollerklärungen, Rechnungen, Verträge, am besten mit Debessins Unterschrift darauf."

Ich starrte den Franzosen ungläubig an. Dann schüttelte ich den Kopf und lachte kurz auf. Es klang sehr gekünstelt.

„Na klar," sagte ich und ließ meine Stimme vor Sarkasmus triefen. „Ich liefere dir das alles frei Haus. Mit der nötigen kriminellen Energie und einer gehörigen Portion Vandalismus wird mir das schon gelingen. Ich fange gleich heute Abend an."

„Brauchst du nicht", ließ sich der Lurch vernehmen. Unsere Aufmerksamkeit war ihm mit einem Schlag sicher.

„Heißt das, du hast noch mehr als nur dieses Bildmaterial hier aus der Firma geschmuggelt?", fragte ich.

Rabenacker machte eine lässige Handbewegung. „Klar, meinst du etwa, ich verlasse mich auf ein lausiges Schließfach? Ich habe die Unterlagen getrennt aufbewahrt."

„Wo?" Le Meurs Unterton, den er dieser kurzen Frage beimischte, ließ keinen Zweifel daran, dass seine Geduld mit Rabenacker langsam zu Ende ging.

„Ich habe sie einer Schauspielkollegin zur Aufbewahrung gegeben."

„Gut", sagte ich. „Fahren wir hin und holen das Zeug."

„Ich gehe nicht mit", widersprach der Lurch entschlossen.

„Wieso denn nicht?", fragte Sigrid.

Der Lurch wand sich. „Na, ja. Ich war bis vor kurzem mit ihr zusammen und habe mich jetzt von ihr getrennt."

Wir spürten, dass da noch mehr war und warteten gespannt auf die Fortsetzung, die auch nicht lange auf sich warten ließ.

„Es war eine hässliche Geschichte mit Seitensprung und so. Jedenfalls will Anne nach Ende der Spielzeit die Truppe verlassen und nichts mehr mit mir zu tun haben."

Ich hörte Sigrid aufstöhnen und sah, dass Le Meur mit geschlossenen Augen den Kopf schüttelte.

„Willst du damit sagen, dass die Unterlagen für uns verloren sind?", fragte ich.

Rabenacker verneinte. „Sie wohnt im Nerotal. Bevor wir uns trennten, hatten wir bereits ausgemacht, dass sie die Unterlagen demjenigen gibt, der ihr die richtige Parole sagt."

„Die Parole?" Ich beugte mich zu ihm rüber. „Und wie lautet sie bitteschön, die Parole?"

Der Lurch verzog sdie Mundwinkel zu einem schlauen Grinsen. „Es ist natürlich ein Filmzitat, was sonst. Du erinnerst dich doch sicher noch an unsere Begegnung in diesem Dunkelgang?" Keine Frage, dass ich mich daran erinnerte, wenn auch nicht sehr gerne. Ich schloss ergeben die Augen und erwartete das Schlimmste.

„Stammt das Zitat etwa auch aus dem Spongebob-Film?"

„Natürlich nicht." Seine Stimme troff förmlich vor Arroganz. „Das wäre schließlich phantasielos und langweilig."

„O.k., was ist es diesmal? Raus damit!"

„Wo ist das verdammte Geld, Lebowski!"

„Ich heiße Le Meur und weiß nichts von irgendwelchem verdammten Geld", sagte Auguste. Er klang gereizt.

„Lass gut sein, Jelzin", beschwichtigte ich ihn. „Das war der Code. Unser Freund hat also auch gute Filme gesehen."

Ich wandte mich an Rabenacker. „Die Streifen der Coen-Brüder gefallen mir auch."

Er strahlte wie die Mittagssonne. Anscheinend war ich in seiner Achtung gerade gewaltig gestiegen.

„Gib mir die Adresse von Anne", sagte ich. „Ich fahre gleich hin und hole die Unterlagen bei ihr ab."

Der Lurch schüttelte den Kopf. „Geht nicht. Sie kommt erst übermorgen zurück."

„Woher weißt du das?", fragte Sigrid. „Ich denke, ihr seid nicht mehr zusammen?"

„Wir spielen ja zurzeit noch in demselben Ensemble. Anne hat Sonderurlaub bekommen und ist ins Ruhrgebiet gefahren. Es ist irgendwas mit ihren Eltern. Ein Unfall, glaube ich. Jemand musste während ihrer Abwesenheit für sie einspringen."

Ich zuckte resigniert mit den Schultern. „Gut, dann also übermorgen. Ist vielleicht ganz gut, dass deine Ex-Freundin aus der Schusslinie geblieben ist." Angesichts der Ermordung vierer Menschen kam der hier mit mir versammelten Gesellschaft meine Bemerkung doch ziemlich pietätlos vor.

„Ist mir so rausgerutscht", versuchte ich mich zu entschuldigen. Niemand antwortete. Kurz bevor das allgemeine Schweigen begann, unerträglich zu werden, rettete Auguste die Situation.

„Wir sollten überlegen, wo wir deinen Freund solange beherbergen, bis wir Debessin überführt und Sugar gefasst haben", brachte er das nächste drängende Problem zur Sprache. Ich verzichtete diesmal auf den Hinweis, dass Rabenacker nicht mein Freund sei, nicht zuletzt deswegen, weil er mit uns am Tisch saß. Ein Fettnapf pro Stunde reichte. Ursprünglich hatte ich den Gedanken gehabt, den Lurch hier bei Maschine wohnen zu lassen. Der Cyborg hatte seine Bleibe wie eine Festung eingerichtet. Jeder Winkel der Wohnung und des Außengeländes konnte von ihm per Überwachungskamera auf Monitoren eingesehen werden. Seine Telefone waren absolut abhörsicher. Und wenn Maschine sich einmal daran gewöhnen könnte, auch mit bekifftem Kopf die Tür hinter sich zuzumachen, würde sich jeder ungebetene Gast an der einbruchssicheren und feuerfesten Wohnungstür die Zähne ausbeißen. Aber jetzt war Maschine dabei, wieder in eine Phase dunkelster Depression hinabzugleiten und fiel somit als Herbergsvater aus. Ein Zusammenleben - und wäre es auch nur für kurze Zeit - war weder ihm noch Rabenacker zuzumuten. Wohin also mit dem Lurch? Zurück zu seinen Schauspielerkollegen konnte er nicht, denn seine Tarnung war, wie die Anwesenheit der Blondine im Theater gezeigt hatte, aller Wahrscheinlichkeit nach aufgeflogen. Plötzlich fiel mein Blick auf einen Abfallkorb in der Ecke, aus dem ein Fetzen Papier mit einer Werbeaufschrift herausragte.

„Das ist es!", rief ich. „Wir bringen ihn bei den Watzl-Brothers unter!"

„Ist nicht dein Ernst, Tim, oder?", fragte Le Meur, um dann entgeistert: „Oh mein Gott, du meinst es wirklich ernst!", hinzuzufügen.

„Wer oder was sind diese Watzls?", wollte Rabenacker wissen. Er schien sich plötzlich sehr unbehaglich zu fühlen.

„Och, das sind gute Freunde von uns, die kürzlich wieder nach Wiesbaden gezogen sind", antwortete ich leichthin. „Der ideale Unterschlupf für dich. Sugar wird sie kaum mit dir in Verbindung bringen, denn er weiß nichts davon, dass wir die Watzl-Brüder persönlich kennen."

„Sie", verbesserte Sigrid. „Sie weiß nichts davon."

„Stimmt", sagte ich. „Wenn eins sicher ist, dann die Gewissheit, dass Sugar und die Blondine, die mir mehrmals so rein zufällig über den Weg gelaufen ist, ein und dieselbe Person ist." Rabenacker und Sigrid nickten zustimmend.

„Wir müssen einen Plan ausarbeiten", meldete sich Auguste zu Wort. „Einen Plan, der zum Ziel hat, Stefan

Rabenacker wieder ein normales Leben zu ermöglichen. Wir sind uns einig, dass, um dies zu erreichen, sowohl Sugar gefasst als auch Debessin überführt werden müssen."

Mir fiel auf, dass Auguste es vermied, dass Geschlecht Sugars eindeutig zu benennen. Offensichtlich war er noch nicht davon überzeugt, dass der Killer und die Blondine identisch waren. Aber ich war froh, dass Jelzin mit seiner logischen Denkweise Struktur in unsere Planung brachte.

„Immerhin haben wir jetzt eine sichere Bleibe gefunden", gab ich mich optimistisch. „Vorausgesetzt, Bodo und Winnie sind damit einverstanden, ihn für eine Weile unterzubringen."

„Davon gehe ich aus", sagte Le Meur. Er wusste genau wie ich, dass ihre Freunde stets auf die Gutmütigkeit der Watzls zählen konnten.

„Der nächste Schritt wäre dann, Anne nach ihrer Rückkehr aufzusuchen und sich von ihr das restliche Material aushändigen zu lassen. Das wolltest du übernehmen, Tim."

Ich nickte. Plötzlich kam mir ein Gedanke. „Sag mal", wandte ich mich an den Lurch. „Du hast nicht zufällig noch ein paar Überraschungen in petto, die mit dieser Sache hier zu tun haben?"

Rabenacker wirkte überrascht. „Ich, wie kommst du denn darauf?"

„Nun, bis jetzt hatte ich den Eindruck, dass du dir die Würmer alle einzeln aus der Nase ziehen lässt."

Der Lurch grinste. „O.k., erwischt. Ich behalte in der Tat immer ganz gerne einen Trumpf in der Hinterhand. Man kann ja nie wissen. Aber was diese Affäre mit Mulland Electronic, Debessin und Sugar angeht, habe ich jetzt wirklich alle Karten auf den Tisch gelegt, ehrlich."

Ich sah ihm prüfend ins Gesicht. Er erwiderte meinen Blick mit einem Ausdruck, als könne er kein Wässerchen trüben. Plötzlich zuckten seine Mundwinkel und er begann dreckig zu lachen. „Also gut, ich habe da noch ein Millionending am Laufen", sagte er und fuhr sich durch die Haare.

„Aber das hat nichts mit dieser Geschichte hier zu tun, wirklich nicht."

Unter dem versteinerten Gesicht Le Meurs und Sigrids irritiertem Blick sank der Lurch förmlich in sich zusammen.

„Ehrlich", beteuerte er und hob die Schultern. „Ich habe euch alles gesagt, ich schwöre." Zur Bekräftigung hob Rabenacker die Finger zum Schwur.

„Ich will es hoffen", sagte Auguste und verschränkte die Arme vor seiner Brust. „Anderenfalls können wir nicht mehr viel für dich tun, fürchte ich."

Von Le Meurs Ernst sichtlich beeindruckt, nickte Rabenacker nur stumm mit dem Kopf.

„Nachdem das geklärt ist", fuhr Jelzin fort, „kommen wir zum nächsten Punkt unseres Planes. Dieser Punkt ist beinahe ebenso wichtig wie die Überführung von Debessin und seinem Killer."

„Die Veröffentlichung des Geheimmaterials in den Medien", warf Sigrid ein.

„Genau", sagte Le Meur. „Wir müssen noch einmal versuchen, Kontakt mit der Presse aufzunehmen."

„Wie soll das gehen?", fragte der Lurch. „Die von der Zeitung haben bestimmt kein Interesse mehr an der Geschichte. Nachdem das vereinbarte Treffen zwischen mir und dem Reporter nicht zustande kam, denken die Journalisten doch sicher, dass ich sie bloß verarschen wollte!" Er wandte sich an Le Meur. „Warum gehen Sie nicht zur Presse? Sie sind Polizist. Ihnen wird man glauben."

„Er kann nicht gehen", erwiderte ich an Le Meurs Stelle.

„Offiziell dürfte er gar nicht hier sein. Auguste könnte riesigen Ärger bekommen, wenn herauskäme, dass er uns hilft. Nein, es muss schon jemand anderes von uns sein, der zur Zeitung geht."

„Ich übernehme das", erklärte Sigrid.

Der zuversichtliche Ton in ihrer Stimme überraschte mich zuerst. Dann aber begriff ich.

„Das könnte klappen. Du bist eine seriöse Geschäftsfrau und inserierst vermutlich hin und wieder in den örtlichen Zeitungen."

Sie nickte bestätigend.

„Sehr gut", sagte Jelzin und stand auf. „Dann sollten wir Stefan jetzt zu den Watzl-Brüdern bringen."

„Wir können ihn nicht hinbringen", widersprach ich. „Wenn Sugar uns beobachtet und sieht, wie wir mit Rabenacker zusammen in ein Auto steigen, braucht er uns nur zu folgen, um Stefans neuen Aufenthaltsort herauszufinden."

„Daran habe ich natürlich auch schon gedacht", erwiderte Jelzin ruhig. „Ich darf kurz dein Telefon benutzen?", wandte er sich an Maschine. Der Cyborg gab nur ein unverständliches Grunzen von sich. Er hatte schon lange keinen Ton mehr von sich gegeben. Die Depression hatte ihn mittlerweile voll im Griff. Der Kaffee, den er für uns gekocht hatte, stand immer noch auf der Wärmeplatte und war, wenn nicht gar völlig eingedampft, so doch sicher inzwischen total ungenießbar geworden. Bevor Jelzin zum Telefonhörer griff, schaltete er die Kaffeemaschine aus.

Das Gespräch dauerte nur knapp eine Minute. Le Meur beendete es mit einem kurzen Satz.

„Alles klar, wir machen uns fertig."

„Und?", fragte ich ungeduldig, kaum dass Auguste wieder Platz genommen hatte.

„Das Pizzataxi kommt gleich", war die lapidare Antwort. Er genoss sichtlich unsere Verwirrung.

„Komm schon, Jelzin", sagte ich. „Mach es nicht so spannend."

„Es ist so, wie ich es sagte", beteuerte er. „Winnie kommt mit dem Wagen hierher. Er müsste in wenigen Minuten eintreffen."

„Winnie Watzl? Oh, mein Gott! Und weiter?"

„Er wird mit unserem Freund die Kleidung tauschen und ihm seine Autoschlüssel geben. Stefan kann dann mit dem

Wagen zum Grillrestaurant der Watzls fahren. Bodo wird ihn dort in Empfang nehmen. Für einen Beobachter wird es so aussehen, als hätten wir uns eine Ladung Pizza bestellt und wären beliefert worden. Nachdem Stefan gegangen ist, warten wir noch eine gute halbe Stunde und brechen dann ebenfalls auf. Winnie nehme ich mit und setze ihn irgendwo in der Stadt ab, wo er einen eventuellen Verfolger leicht abschütteln kann. Danach wird er zu seinem Grillrestaurant zurückkehren."

„Genial", murmelte ich. Plötzlich fiel mir etwas ein. „Sag mal, Rabenacker, hast du eigentlich einen Führerschein?"

„Klar", erwiderte der. „Du etwa nicht?"

„Nein, das soll vorkommen. Deswegen frage ich ja."

„Und dieser Winnie überlässt mir einfach so seinen Wagen?", fragte der Lurch. „Ich meine, er kennt mich doch überhaupt nicht."

„Die Watzl-Brüder sind äußerst hilfsbereit", beschied ihn Le Meur. „Außerdem", fügte er hinzu und blickte dem Lurch tief in die Augen, „habe ich mich für dich verbürgt. Ich würde dir nicht raten, dieses Vertrauen zu enttäuschen."

Rabenacker hob beide Hände, als würde er von Auguste mit dem Revolver bedroht werden. „Geht in Ordnung, Chef. Ich werde ganz artig sein, versprochen."

„Gut", nickte Le Meur. „Nachdem wir das geklärt haben, bleibt uns nur noch, Winnies Ankunft abzuwarten."

Die ließ nicht lange auf sich warten.

Eine knappe Viertelstunde später klingelte es an Maschines Wohnungstür. Die versteckte Überwachungskamera übermittelte Das Bild von Winnies Strahlemanngesicht auf den in einer Ecke stehenden Monitor. Auguste öffnete die Tür und ließ den Watzl herein.

„Seid gegrüßt", sagte der Zwilling und lächelte fröhlich in die Runde. Dann ging er schnurstracks auf mich zu und umarmte mich. „Schön dich zu sehen, Tim."

„Schön dich zu sehen, Winnie", gab ich unbeholfen zurück und befreite mich aus seiner Umarmung. Winnie trat vor

Rabenacker und drückte ihm einen Stapel Klamotten in die Hand. „Hier, unsere Arbeitskleidung. Eine Mütze habe ich auch mitgebracht." Der Lurch bedankte sich und zog die Sachen, die weit genug waren, einfach über die Kleider, die er bereits an hatte.

„Du hast an alles gedacht, Winni", sagte ich. „Sogar daran, Schuhe mit hohen Absätzen anzuziehen, damit der Größenunterschied zu Stefan nicht auffällt."

Winnie strahlte. „Die Wünsche unserer Kunden vorauszuahnen, gehört bei uns zum guten Service", sagte er. „Kennt ihr eigentlich unser Geschäftsmotto? Es lautet: Mit einem freundlichen Lächeln … ", er brach ab und wühlte in seinen Taschen. „Ach, was soll's. Ihr habt es bestimmt eilig. Hier Stefan, die Autoschlüssel. Stelle den Wagen einfach auf dem reservierten Parkplatz neben unserem Restaurant ab. Bodo erwartet dich dort. Er wird hier kurz durchläuten und uns Bescheid geben, wenn Du bei ihm angekommen bist."

„Danke, vielen Dank", wiederholte der Lurch und schaute verlegen von einem zum anderen. In diesem Moment wirkte er richtig sympathisch.

„Ich denke, du solltest dich besser auf den Weg machen", unterbrach Le Meur diesen Moment voller Eintracht. „Einem eventuellen Beobachter könnte es verdächtig vorkommen, wenn der Pizzalieferant länger als gewöhnlich braucht, um seine Ware loszuwerden."

Er hatte recht. Rabenacker ergriff dankbar die Gelegenheit, um sich aus der emotionalen Umklammerung, in der er sich befand, zu lösen. Er schlüpfte eilends in Winnies Klamotten und verschwand aus der Wohnung. Auguste verfolgte über den Monitor, wie der Lurch in das Lieferauto der Watzl-Brüder stieg und davonfuhr. Winnie setzte sich neben mich an den Tisch und klopfte mir auf die Schulter. „Wie ist es dir so ergangen, Tim?", fragte er.

„Ging so", erwiderte ich lapidar. Obwohl ich die Watzls mochte, war mir momentan nicht danach zumute, mich mit

Winnie zu unterhalten und dabei gar alte Erinnerungen aufzuwärmen. Der Rückfall Maschines in die Depression machte mir arg zu schaffen. Jetzt, wo Rabenacker fort und gleichzeitig die mit ihm verbundene Spannung von uns abgefallen war, rückte der Gemütszustand des Cyborgs schlagartig wieder in mein Bewusstsein. Dann sagte ich mir, dass es reichlich unfair von mir war, Winnie, der uns gerade einen riesigen Gefallen getan und dem Lurch, den er gar nicht kannte, so uneigennützig sein Auto überlassen hatte, derart kühl abzufertigen. Ich riss mich zusammen und bemühte mich, ihm gegenüber ein freundlicheres Verhalten an den Tag zu legen.

„Um ehrlich zu sein", sagte ich, „wäre es mir lieber, die letzten Wochen wären anders verlaufen."

„Ich verstehe", sagte Winnie und ließ es taktvoll damit bewenden, was ich ihm hoch anrechnete.

Maschines Telefon gab merkwürdige Geräusche von sich. Der Himmel mochte wissen, woher der Cyborg sich diesen Klingelton besorgt hatte. Die Assoziation brünstiges Nilpferd drängte sich mir auf, obwohl ich mich nicht erinnern konnte, jemals den Brunstschrei eines Flusspferdes bewusst wahrgenommen zu haben. Le Meur fuhr aus seinem Stuhl hoch und griff nach dem Hörer. „Gut, wir sehen uns", war alles, was er sagte. Dann legte er wieder auf.

„Rabenacker ist jetzt bei Bodo. Offenbar hat ihn niemand verfolgt. Ich denke, er ist zumindest vorläufig außer Gefahr." Mit einem Blick auf Maschine, der teilnahmslos vor sich hinstarrte, fügte Jelzin noch hinzu: „Ich denke, wir sollten uns jetzt auch auf den Weg machen. Wo soll ich dich absetzen, Winnie?"

„Irgendwo in der Stadt, wo viele Leute auf einem Haufen sind", antwortete er. „Wie wäre es am Platz der Deutschen Einheit? ich könnte direkt in Richtung Fußgängerzone verschwinden oder in einen der Busse steigen. Wer immer versuchen sollte, mir zu folgen, tut mir jetzt schon leid."

Auguste lächelte. „Also gut. Wie steht es mit dir, Tim. Fährst du mit uns?"

„Wenn Sigrid nichts dagegen hat, fahre ich mit ihr in einigem Abstand hinter euch her. Wenn wir an eine Ampel kommen und der Verkehr es zulässt, könnt ihr vielleicht noch über die Kreuzung fahren, während wir die Fahrzeuge hinter uns bis zur nächsten Grünphase aufhalten."

„Gute Idee", stimmte Le Meur zu. „Entweder schütteln wir Sugar auf diese Weise ab, oder er verrät sich, wenn er hinter uns bei Rot über die Ampel rast."

„Sie, Jelzin", widersprach ich. „Sie."

Ich war nach wie vor davon überzeugt, Sugars Identität gelüftet zu haben. Leider sollte ich in absehbarer Zeit eines Besseren belehrt werden.

Wir folgten Le Meurs Alfa Romeo in einigem Abstand.

„Ist dir bis jetzt etwas aufgefallen?", fragte Sigrid nach einer Weile. „Mir nicht."

„Mir auch nicht", sagte ich. „Noch zwei Ampeln, dann sind wir da."

Auguste fuhr die Schwalbacher Straße hoch bis zur Emser Straße und wechselte dort an der Kreuzung auf die andere Seite. Dann fuhr er die Schwalbacher wieder zurück bis zur Bushaltestelle am Platz der Deutschen Einheit. Winnie stieg aus und verschwand alsbald in der Menge der anderen Fußgänger. Wir folgten Le Meur, der nach links abbog, um dann wieder Richtung Emser Straße zu fahren. Als wir die Kreuzung hinter uns gelassen hatten, sahen wir den Watzl-Zwilling gerade aus einem Pulk von Leuten hervortauchen. Einige Schulkinder mit Ranzen und Turnbeuteln rahmten ihn alsbald wieder ein und weg war er wieder. Mein Handy klingelte und ich nahm ab. Es war Le Meur.

„Scheint alles in Ordnung zu sein, oder?", hörte ich Jelzins Stimme.

„Kein Verfolger in Sicht", bestätigte ich. „Aber he, wo ist Winnie jetzt?"

„Wie vom Erdboden verschluckt, nicht wahr?" Auguste schien nicht im Geringsten beunruhigt. Im Gegenteil, er lachte plötzlich laut auf. „Hat unser Freund nicht gesagt, dass ihm jeder, der die Absicht habe, ihn zu verfolgen, leid tun würde? Hier ist der Beweis. Ich nehme an, Winnie ist in einem der Geschäfte verschwunden und hat sich schon längst wieder von dort aus dem Staub gemacht."

„Wahrscheinlich hast du recht", stimmte ich zu. „Hör zu, es ist später als ich dachte. Ich muss zusehen, dass ich rechtzeitig zur Arbeit komme."

„Dein Nebenjob bei Mulland?", Le Meurs Stimme bekam einen skeptischen Unterton. „Vielleicht solltest du dir langsam eine andere Arbeit suchen, Tim." Ich hasste es, wenn Auguste so mit mir sprach. Wenn ich etwas nicht verknusen konnte, dann den Umstand, dass mir jemand (und ganz besonders Le Meur) vorschreiben wollte, wie ich meine Brötchen zu verdienen hatte. Andererseits musste ich zugeben, dass sein Vorschlag, die eher wie eine Vorschrift klang, begründet war. Wie so oft brachte mich dies noch mehr gegen ihn auf. Hätte Sigrid nicht neben mir gesessen, wäre meine Antwort sicher hitziger ausgefallen. So aber begnügte ich mich mit einem: „Ich denke drüber nach" und unterbrach die Verbindung.

„Du solltest langsam daran gehen, dir eine andere Arbeit zu suchen", sagte Sigrid plötzlich. „Wo soll ich dich absetzen?"

Ich rutschte etwas tiefer in meinen Sitz „Lass mich einfach hier raus", murmelte ich. „Ich gehe den Rest zu Fuß."

„Was ist denn?" Sigrid schaute mich irritiert an. „Habe ich etwas Falsches gesagt?"

„Ist schon in Ordnung", sagte ich. Mir war nicht nach Streit zumute. „Ich will mir einfach ein paar Minuten die Beine vertreten."

„Wie du willst." Sie hielt am Bürgersteig und ließ mich aussteigen. „Ich fahre jetzt bei der Zeitungsredaktion vorbei. Vielleicht erwische ich dort noch jemanden, mit dem ich reden kann."

„Gut", erwiderte ich. „Ich melde mich heute Abend, wenn ich mit der Arbeit fertig bin."

Ich schloss die Wagentür und sah zu, wie sich der blaue Mini in den Verkehr einfädelte. Einige Meter weiter entdeckte ich Le Meurs roten Alfa Romeo. Es war offensichtlich, dass Auguste auf mich wartete. Ich verspürte momentan jedoch keine Lust, mit ihm zu reden und winkte ihm nur kurz zu. Dann zog ich den Kopf zwischen die Schultern und ging in entgegengesetzter Richtung zur Rheinstraße, um meine Arbeit bei Mulland Electronic Design anzutreten.

Kapitel 15

Die Atmosphäre im Büro wirkte auf mich düsterer und bedrohlicher als zuvor, was ich jedoch meiner getrübten Stimmung zuschrieb. Sigrid und Auguste hatten durchaus recht mit ihrer Meinung, dass ich mein Geld besser woanders verdienen sollte. Der Job hier bot mir jedenfalls keine Perspektive. Ich war froh, Debessin nicht anzutreffen. Insgeheim fürchtete ich, er könne die Wanze an seinem Telefon entdeckt haben und mich zur Rede stellen. Ich zog in Betracht das Utensil wieder zu entfernen, da Maschine für die nächste Zeit sowieso ausfiel und der Fall bis zur Wiederherstellung des Cyborgs aller Voraussicht nach geklärt sein würde.

Markus Winter saß wie stets an seinem Schreibtisch und beäugte mich misstrauisch. Ich ignorierte ihn so gut es ging und konzentrierte mich auf meine Arbeit. Nach gut einer Stunde stand er auf und verließ das Büro, wahrscheinlich um auf die Toilette zu gehen. Sobald er die Tür hinter sich geschlossen hatte, sprang ich von meinem Stuhl auf. Ich hatte zunächst die Absicht, die Wanze wieder an mich zu nehmen, folgte dann aber einem anderen plötzlichen Impuls, als ich Winters Jackett am Garderobenständer hängen sah. Mit einem Satz war ich am Ständer und durchwühlte fieberhaft die Taschen vom Kleidungsstück des Albinos. Ein Griff in die Innentasche förderte zwei Papierschnipsel zutage. Ich fügte die beiden Hälften zusammen, warf einen kurzen Blick darauf und erstarrte vor Schreck. Sich nähernde Schritte auf dem Gang draußen ließen mich wieder zur Besinnung kommen. Winter kehrte von seinem Gang zur Toilette zurück. Ich riss mich zusammen, löste mich aus der Erstarrung und machte, dass ich wieder auf meinen Platz kam. Keinen Moment zu früh! Während ich mich auf meinem Stuhl niederließ, sah ich, wie die Klinke der Bürotür nach unten gedrückt wurde.

„Ist alles in Ordnung mit Ihnen?", fragte mich Winter, als er hereinkam. „Sie sehen blass aus."

Damit mochte er recht haben. Aber was mir das Blut aus dem Gesicht getrieben hatte, war nicht der Umstand, dass Winter mich beinahe erwischt hätte.

„Ich glaube mir geht es tatsächlich nicht gut", sagte ich. „Könnte ich heute vielleicht früher Schluss machen?"

Der Albino verzog das Gesicht. Einen Moment lang fürchtete ich, er würde ablehnen. Nachdem er einige Sekunden überlegt hatte, nickte er mir schließlich kurz zu.

„In Ordnung. Sie sehen wirklich aus, als gehörten Sie ins Bett. Ich werde Sie bei Herrn Debessin entschuldigen. Gute Besserung."

„Danke." Mit einer Geschwindigkeit, die meiner angeblich angegriffenen Gesundheit Hohn sprach, machte ich, dass ich aus dem Büro rauskam. Erst als ich die Rheinstraße und damit Mulland Electronic Design weit hinter mir gelassen hatte, drückte ich mich in einen Hauseingang und holte die beiden Papierschnipsel aus der Tasche. Richtig zusammengefügt, ergaben sie ein Theaterbillet für dieselbe Dschungelbuchvorstellung, nach der Sigrid und ich den Lurch wiedergefunden hatten.

Kapitel 16

„Sigrid, ich muss dringend mit dir reden."
„Gut dass du anrufst, Tim. Ich habe auch Neuigkeiten."
„Bestimmt nicht so interessante wie ich."
„Von wegen, wart's ab."
Ich war nicht nach Hause gegangen, sondern hatte mich in eine Kneipe am Kaiser-Friedrich-Ring gesetzt, in die ich bisher mein Lebtag noch keinen Fuß gesetzt hatte.
Das Lokal fiel unter die Kategorie Gutbürgerlich und war bis jetzt mäßig besucht. Nur am Tresen hielten sich drei Gäste auf. Das konnte sich jedoch bald ändern, denn es war noch früh am Abend. Ich hatte mich an einen Tisch gesetzt und einen Apfelsaft bestellt. Sigrids Ankündigung machte mich neugierig. „Was hast du herausgefunden?", fragte ich.
„Nicht am Telefon. Ich bin gerade auf dem Weg zu dir."
„Keine gute Idee", wehrte ich ab. „Aber ich habe noch nicht zu Abend gegessen und verspüre unbändige Lust auf Fastfood, wenn du verstehst, was ich meine."

Sigrid schaltete sofort. Sie lachte laut auf und meinte: „Alles klar, wir treffen uns dort."

Ich steckte mein Handy in die Tasche und zahlte. Dann verließ ich die Kneipe und ging zur Haltestelle am Bismarckring, um einen Bus zu erwischen, der in die Schiersteiner Straße fuhr. Als ich das Restaurant der Watzls erreichte, wartete Sigrid bereits auf mich. „Genialer Einfall, sich hier zu treffen", flüsterte sie. „Wer nicht Bescheid weiß, wird uns für ganz gewöhnliche Gäste halten."

„Für uns gibt es keine gewöhnlichen Gäste", sagte Winnie, der alles mitgehört hatte, weil er dicht hinter ihr stand. „Jeder ist für uns einzigartig."

Sigrid zuckte zusammen und lief rot an. Bevor sie sprach, vergewisserte sie sich diesmal, dass kein weiterer Zuhörer anwesend war.

„Mann, bin ich erschrocken. Schleicht sich das Personal hier immer so an?"

„Ich bin untröstlich, gnädige Frau", erwiderte Winnie und verbeugte sich so tief, dass seine Stirn beinahe den Boden berührte.

„Eigentlich war ich nur gekommen, um die Bestellung aufzunehmen und nicht, Sie per Herzinfarkt ins Jenseits zu befördern."

„Kann ich mir denken", erwiderte ich. „Tote Gäste zahlen schließlich nicht. Wo ist eigentlich deine bessere Hälfte?"

„Bodo?", Winnie kratzte sich am Hinterkopf. „Der ist in der Küche und kontrolliert die Ketchup-Vorräte. Er denkt, ich bin süchtig nach dem Zeug und vergreife mich heimlich daran. Außerdem haben wir eine neue Hilfskraft und die muss noch ein wenig angelernt werden."

Ich beugte mich zu Winnie rüber. „Diese Hilfskraft", sagte ich leise. „Kann ich die sprechen?"

„Sicher. Tu einfach so, als wolltest du zur Toilette, aber geh dann den Gang weiter bis zur nächsten Tür links. Dahinter ist die Küche."

Ich fand den Lurch zwischen einer Unmenge von Geschirr. Er war gerade dabei, eine Spülmaschine auszuräumen. Er schwitzte und machte ein grimmiges Gesicht. „Lange mache ich das nicht mit", sagte er mit gesenkter Stimme, als ich zu ihm herantrat. „Diese beiden einsvierzig hohe Stimmungskanonen bringen mich an den Rand des Wahnsinns. Ständig versuchen sie mich aufzuheitern, dabei behandeln sie mich wie ihren Sklaven."

„Nun übertreibe mal nicht", meldete sich Bodo zu Wort. Offensichtlich verfügte er über ein ebenso gutes Gehör wie Winnie. „Immerhin messen wir fast einen Meter sechzig."

Der Lurch verdrehte die Augen und stürzte sich wieder in die Arbeit. Dabei schimpfte er ohne Unterlass vor sich hin.

„Warum muss mir das passieren. Auch noch zwei von dieser Sorte. Kriegen Klone eigentlich unterschiedlich Haarausfall?"

„Die Idee, den Lurch in der Küche unterzubringen, ist genial", sagte ich laut zu Bodo.

„Der beste Platz ihn von der Öffentlichkeit abzukapseln."

„Aber wie habt ihr ihn dazu gebracht, bei euch mitzuarbeiten?"

Bodo grinste breit, wobei er zwei makellos weiße Zahnreihen entblößte.

„Für den Fall seiner Weigerung haben wir ihm angedroht, ihn zu Le Meur abzuschieben."

„Raffiniert", sagte ich. „Vor Auguste hat unser Freund enormen Respekt." Trotzdem bekam ich einige Bedenken, was den Aufenthalt Rabenackers hier betraf. Er verfügte über eine impulsive Natur und war imstande, von einem Tag auf den anderen den Kram hinzuschmeißen und erneut unterzutauchen. Das durfte auf keinen Fall passieren.

„Halte aus, Stefan", versuchte ich ihn zu beschwichtigen. „Der Fall dürfte bald erledigt sein."

Rabenacker starrte mich ungläubig an. Bestimmt fragte er sich ebenso wie ich, woher ich diese Zuversicht nahm.

Sigrid wartete bereits ungeduldig auf meine Rückkehr. Sie hatte Wiener Schnitzel und Salat bestellt und war prompt bedient worden. Mein Hungergefühl hatte sich schlagartig verflüchtigt. Ich beschloss, es bei einem Kaffee zu belassen und sah Sigrid zu, wie sie sich über ihr Menü hermachte. „Und?", fragte sie, nachdem sie sich davon überzeugt hatte, dass sich nicht wieder jemand hinter ihr aufhielt. „Wie geht es ihm?"

„So lala", antwortete ich. „Wir sollten zusehen, dass wir den Fall schleunigst zu Ende bringen und diesen Sugar dingfest machen."

„Diese", verbesserte sie mich. „Ich dachte wir wären uns einig, dass die Blondine hinter dem Decknamen Sugar steckt."

„Da bin ich mir nicht mehr so sicher. Seit heute Abend spricht wieder einiges für Markus Winter."

„Debessins Gehilfe, wieso?"

„Sein Mitarbeiter, ja. Stell dir vor, er war auch bei der Theatervorstellung. Ich habe seine Eintrittskarte gefunden."

Sigrid ließ die volle Gabel auf halbem Weg zu ihrem geöffneten Mund wieder sinken.

„Das kann nicht sein." Sie schüttelte heftig den Kopf.

„Doch", sagte ich. „Hier, ich habe Winters Ticket dabei."

„Das kann einfach nicht sein", beharrte Sigrid. „Es ergibt absolut keinen Sinn!"

Ich konnte mir ihre Aufregung nicht erklären. „Wieso soll das keinen Sinn ergeben?", fragte ich.

Bevor sie antwortete, trank Sigrid einen Schluck und tupfte sich den Mund mit der Serviette ab. „Ich wollte doch heute Mittag in die Redaktion der Lokalzeitung", begann sie.

„Du wolltest? Ich dachte du wärst dort gewesen."

Sie schüttelte erneut den Kopf. „Nein, jedenfalls nicht so richtig. Ich bin zwar in das Gebäude gegangen, habe mich aber gleich wieder aus dem Staub gemacht."

„Und warum?"

„Weil ich dort um ein Haar Sugar über den Weg gelaufen wäre, darum!"

Jetzt war es an mir, die Kinnlade nach unten fallen zu lassen.

„Hä?", war alles, was ich herausbrachte.

„Ja, da staunst du, was?" Sigrid genoss sichtlich meine Verblüffung.

„Ich war gerade die Treppe hinaufgestiegen und wollte in den Gang einbiegen, wo sich das Büro des Chefredakteurs befinden soll, als mir deine blonde Freundin entgegen kam."

„Sie ist nicht meine ... ach, vergiss es! Hat sie dich erkannt?"

„Nein, sie fummelte gerade in ihrer Handtasche herum. Ich konnte mich, wie gesagt, rechtzeitig aus dem Staub machen."

„Es sind zwei", murmelte ich vor mich hin. „Ein Mann und eine Frau. So muss es sein. So und nicht anders."

Sigrid sah mich an, als hätte ich den Verstand verloren. „Was redest du da?"

Ich beugte mich so hastig über den Tisch zu ihr rüber, dass ich um ein Haar meine Kaffeetasse umgestoßen hätte.

„Überlege doch mal. Sugar ist immer bestens über unsere Schritte informiert. Immer wieder läuft er, beziehungsweise sie uns über den Weg. Trotzdem gelingt es uns nicht, seine oder ihre Identität genau zu bestimmen. Die Antwort dafür liegt klar auf der Hand. Sugar ist eine Kunstfigur, die aus zwei Personen besteht, einem Mann und einer Frau!"

„Vielleicht hast du ja recht", sagte Sigrid zögernd, wobei ich ihr ansah, dass sie noch nicht ganz von meiner Theorie überzeugt war.

„Ich rufe Le Meur an", sagte ich und griff nach meinem Handy.

„Das kannst du dir sparen. Er kommt gerade zur Tür herein."

Tatsächlich bewegte sich Jelzins stattliche Gestalt durch die Tischreihen auf uns zu.

„Du kommst wie gerufen", begrüßte ich ihn.

„Ach ja?" Mehr sagte er nicht. Stattdessen hob er kurz eine Augenbraue und ließ sich, nachdem er Sigrid kurz zugenickt hatte, auf den einzigen noch freien Stuhl an unserem Tisch nieder. Ich sah ihm von der Seite ins Gesicht und fand, dass er müde und abgespannt aussah.

„Was ist los?", fragte ich ihn. „Du siehst erschöpft aus."

„Bin ich auch", sagte Le Meur und gab Winnie ein Zeichen. Der Watzl-Bruder bestätigte die Order mit einem Kopfnicken und brachte dem Franzosen einen Cognac.

„Du gönnst dir um diese Zeit einen Absacker?", staunte ich. „Mann, du musst wirklich fertig sein."

„Hat Ärger gegeben", sagte Le Meur kurz und führte das Glas an die Lippen.

„Was für Ärger denn, etwa wegen unserem Fall?"

Jelzin nickte. „Mein Chef hat mich heute Nachmittag zu sich zitiert. Ich musste mir einiges anhören. Er droht damit, mich von dem Fall abzuziehen, wenn ich weiter ohne Handhabe gegen unbescholtene Bürger ermittele."

„Dieses Schwein!", entfuhr es Sigrid. Auguste sah sie erstaunt an, dann lächelte er und spielte mit seinem leeren Cognacglas. „Wir wissen doch ganz genau, dass Debessin mit den Morden zu tun hat!", ereiferte ich mich.

„Wir wissen es schon", erwiderte Jelzin. „Aber wir müssen es auch beweisen können."

„Keine Sorge, das werden wir", gab ich mich zuversichtlicher, als mir zumute war. „Ich habe nämlich Neuigkeiten, was Sugar betrifft."

Augustes Interesse war augenblicklich geweckt. „So? Lass hören!"

Ich erzählte ihm von Sigrids Begegnung mit der Blondine in den Redaktionsräumen der Lokalzeitung und gab meine diesbezügliche Schlussfolgerung zum Besten. Jelzin reagierte fast ebenso wie Sigrid vorhin, mit einem Unterschied. Im Gegensatz zu ihr gab er sich keine Mühe zu verbergen, dass er meine Vermutung total abwegig fand.

„Hör zu, Tim. Ich habe wirklich einen anstrengenden Tag hinter mir. Mir steht heute nicht der Sinn danach, mich mit irgendwelchen wilden Theorien zu befassen." Er hob die Hand, um mich daran zu hindern, ihn zu unterbrechen. „Lass uns ein andermal darüber reden, o.k.? Vielleicht, nachdem wir den nächsten Schritt getan, das heißt, die noch fehlenden Unterlagen von Rabenackers Freundin besorgt haben."

Mir war klar, dass es keinen Zweck hatte, ihn jetzt von meiner Theorie überzeugen zu wollen. Daher sagte ich nur: „Einverstanden, Ich gehe gleich morgen Mittag zu ihr hin. Wenn das Material soviel taugt, wie ich hoffe, ist Debessin geliefert!"

„Tu das, Tim." Auguste stand auf und ging zur Theke, um seinen Cognac zu bezahlen. Beim Hinausgehen winkte er uns noch einmal kurz zu.

„Hoffentlich hat Stefan mit den Unterlagen nicht übertrieben," ließ sich Sigrid vernehmen.

Es war, als hätte sie gerade meinen eigenen Gedanken ausgesprochen.

„Hoffentlich", wiederholte ich. „Morgen wissen wir mehr."

Kapitel 17

Da ich wie gewöhnlich lange geschlafen hatte, war es bereits nach Mittag, als ich mich auf den Weg zu Rabenackers Ex-Freundin machte. Anne bewohnte das Untergeschoss einer im Nerotal gelegenen Villa. Ich schätzte, dass die Miete hierfür ein kleines Vermögen kostete. Von der Straße aus konnte ich sehen, dass die Fenster der Wohnung weit aufgerissen waren. Einen schrecklichen Moment lang fürchtete ich, Sugar könnte herausgefunden haben, dass Anne im Besitz von Rabenackers Unterlagen war, sich Zutritt zu ihrer Wohnung verschafft und sie bereits umgebracht haben. Dann aber hörte ich aus der Wohnung lautes Vogelgezwitscher, in das sich eine helle weibliche Singstimme mischte. Zuversichtlich begab ich mich zur Haustür und drückte den Klingelknopf. Der Frauengesang verstummte augenblicklich, aber der Vogel führte sein Spektakel ununterbrochen fort.

„Wer ist da?", fragte Anne hinter der verschlossenen Tür.

„Hallo, ich bin ein Freund von Stefan Rabenacker. Ich soll etwas für ihn abholen."

„Ach ja?" Die fröhliche Singstimme war schlagartig verschwunden. „Sie können Ihrem Freund ausrichten, dass er sich schon selbst hierher bemühen muss, wenn er etwas von mir will, aber dazu ist er wohl zu feige!"

Ein Schlüssel wurde in der Haustür herumgedreht. Ich dachte schon, Anne würde mich doch anhören oder mir wenigstens die Botschaft für ihren Ex-Freund noch einmal ins Gesicht sagen wollen, aber da hatte ich mich getäuscht. Sekunden später hörte ich, wie Anne ihre Fenster zuschlug. Sie waren schneller verriegelt, als ich *Wo ist das verdammte Geld, Lebowski* sagen konnte. Ich trat ein paar Schritte zurück und starrte auf die Fassade der Villa. Dann trat ich wieder an die Haustür und hämmerte mit den Fäusten dagegen.

„Verschwinden Sie, sonst rufe ich die Polizei!"

Ihre Schritte entfernten sich wieder schneller, als ich mein Sprüchlein aufsagen konnte. So kam ich nicht weiter. Vielleicht war Anne schon dabei, ihre Drohung in die Tat umzusetzen und die Polizei zu rufen. Wenn dem so war, blieb mir nicht mehr viel Zeit. Ich durchsuchte fieberhaft meine Taschen nach einem Kugelschreiber. Ich hatte genügend Glück, um wenigstens einen Bleistiftstummel zutage zu fördern. Auf einem Exemplar meiner umfangreichen 'Alte-Quittungen-Sammlung' fand ich ausreichend Platz, um die Parole aus dem Film der Coen-Brüder niederschreiben zu können. Dann ging ich in die Hocke und schob den Zettel durch den Türschlitz. Nach ungefähr einer Minute bangen Wartens wurde wieder ein Schlüssel im Schloss bewegt. Dann erschien Anne auf der Schwelle und schaute mich mit ihren funkelnden blaugrünen Augen misstrauisch an. Diese Augen gehörten zu einem von rotblonden Haaren umrahmten Gesicht. Insgesamt brachte es Anne auf nicht mehr Körperzentimeter Länge als einer der beiden Watzl Zwillinge, aber ihre Ausstrahlung machte das mehr als wett.

„Los, rein mit Ihnen, bevor ich es mir anders überlege!"

Ich folgte ihr durch einen breiten Flur, von dem mehrere Türen abgingen, in das hinterste Zimmer. Es war ein heller Raum mit abgeschliffenen Fußbodendielen, großen Fenstern und einer Flügeltür, hinter der sich eine Terrasse befand. In einer Voliere befand sich der Urheber des lautstarken Gezwitschers. Der Vogel war etwa fünfzehn Zentimeter groß, hatte ein gelb-schwarzes Gefieder und einen schwarzen Kopf.

Die Sonne schien gerade direkt auf seinen Käfig, was den kleinen Kerl offenbar zu stimmlichen Höchstleistungen anstachelte. Eine Unterhaltung zu führen, schien mir in diesem Raum nur schwer möglich.

„Netter Vogel", sagte ich, wobei ich mich nach Kräften bemühte, den Krach zu übertönen.

„Und er singt so schön."

„Finden Sie?" Annes Gesicht drückte Skepsis aus. „Sie sind der erste, der Ulrichs Gekrächze schön findet. Warum schreien Sie eigentlich so?"

Tatsächlich hatte Ulrich, offensichtlich durch meine Anwesenheit irritiert, seinen Gesang, oder was immer ich aus Höflichkeit dafür gehalten hatte, bereits eingestellt.

„Entschuldigung, was ist das eigentlich für ein Tier?"

„Ein Webervogel. Normalerweise leben sie in Afrika. Zu hundert oder mehr auf einem Baum."

„Und sie, äh, singen alle gleichzeitig?"

„Ganz schönes Spektakel, was?" Anne schien belustigt, aber ihr Gesichtsausdruck wurde plötzlich ernst.

„Genug geplaudert. Warum bist du hier?" Der Wechsel von Sie auf Du wirkte auf mich in etwa genauso bedrohlich wie seinerzeit bei Janosch. Mir war klar, dass ich meine Worte sorgfältig abwägen musste, wenn ich Annes Vertrauen nicht verspielen wollte.

„Stefan schickt mich. Du hast etwas, das ihm gehört. Wie gesagt, ich soll es für ihn abholen. Darum hat er mir dieses Filmzitat verraten, damit ich mich dir gegenüber ausweisen kann."

„Wer sagt, dass Stefan es dir nicht unter Zwang verraten hat?" Ich fiel aus allen Wolken. „Das wird ja immer schöner!", rief ich entgeistert. Plötzlich überkam mich ein Gefühl der Wut. Ich hatte Annes Spielchen langsam satt. Ich war drauf und dran, ihr gehörig die Meinung zu sagen, konnte mich aber im letzten Moment bremsen. Wenn sie jetzt dicht machte, weil ich sie anschrie, war alles verloren.

„Und wie, bitteschön, soll ich dich von meinen lauteren Absichten überzeugen?", presste ich zwischen meinen Zähnen hervor.

„Erzähl mir was über Stefan", entgegnete Anne und lehnte sich entspannt zurück.

„Wie hast du ihn gefunden?"

„Er spielte zuletzt Theater in der Wartburg. Nach der Vorstellung haben wir ihn abgepasst."

„Wir?" Anne griff nach ihrer Teetasse und sah mich über deren Rand hinweg an.

„Eine Freundin war noch dabei."

„Deine Freundin oder Stefans?"

„Ist das für dich so wichtig?" Allmählich wurde ich richtig wütend.

„Na schön", Sie setzte die Tasse wieder ab, ohne einen Schluck getrunken zu haben. Aus, Strecker, dachte ich. Du hast es versiebt. Aber entgegen meiner Befürchtung führte Anne die Unterhaltung doch fort.

„Wo ist Stefan jetzt?"

Ich kniff die Augen zusammen und überlegte. Nein, das würde ich ihr nicht verraten. Auch auf die Gefahr hin, dass sich dadurch die Übergabe der Unterlagen verzögern würde. Ich konnte immer noch Le Meur vorbeischicken. Er würde Anne ihre Mätzchen schon austreiben.

„Von mir erfährst du nichts mehr", sagte ich und stand auf.

„Warte", Anne erhob sich ebenfalls. „Du hast den Test bestanden."

Verblüfft sah ich ihr nach, wie sie den Raum verließ und kurz darauf mit einem Versandkuvert zurückkehrte.

„Hier. Das sind die Unterlagen, die Stefan mir gegeben hat." Sie drückte mir den Umschlag in die Hand.

„Ich bin froh, wenn ich das Zeug und den Kerl endgültig los bin."

Ich nahm das Kuvert und drehte es in meinen Händen hin und her. „Du glaubst mir also. Warum auf einmal?"

„Ich habe dir von Anfang an geglaubt", gab Anne leichthin zurück. Mit Mühe gelang es mir, meinen Unterkiefer daran zu hindern, nach unten zu klappen.

„Es hat mir aber Spaß gemacht, mich mit dir zu unterhalten", fügte sie hinzu.

Spaß gemacht? Die Worte hallten als Echo in mir wieder. Zu meiner Überraschung hörte ich mich steif „ganz meinerseits" erwidern.

„Genug geplaudert", sagte Anne noch einmal und begann, die Tassen wegzuräumen. Ein deutlicher Hinweis, dass die Audienz beendet war.

„Ich habe heute noch einiges zu erledigen."

„Natürlich", sagte ich und stand auf. „Ich will dich nicht länger aufhalten. Für mich wird es auch Zeit." Ich vergewisserte mich, dass der Umschlag mit Stefans Unterlagen sicher in der Innentasche meiner Jacke verstaut war und ging zur Tür.

„Vielleicht sieht man sich ja mal wieder", sagte Anne, während sie mir die Tür aufhielt.

„Sollte mich freuen", erwiderte ich und stellte insgeheim fest, dass das noch nicht einmal gelogen war. Abgesehen von ihrer inquisitorischen Befragung zu Beginn meines Besuchs, hatte ich mich bei ihr sehr wohl gefühlt.

Ich rief Le Meur an, um mich mit ihm für den heutigen Abend zu verabreden.

„Du brauchst nicht zu warten, bis ich Dienstschluss habe." Jelzin klang wütend. „Ich mache sofort Feierabend. Sagen wir in einer halben Stunde bei dir?"

„In Ordnung", erwiderte ich und unterbrach die Verbindung. Jelzin musste seitens seiner Vorgesetzten auf der Dienststelle wirklich gehörig unter Druck stehen. Was mochte den Franzosen sonst dazu bewegen, heute eine derart lasche Arbeitsauffassung an den Tag zu legen? Das sah ihm überhaupt nicht ähnlich. Schon gar nicht, wenn er in zwei Mordfällen ermittelte.

Kapitel 18

„Gar nichts ermittele ich", beschied mich Auguste, der pünktlich zur verabredeten Zeit bei mir zu Hause aufschlug.
„Ich wurde von den Ermittlungen abgezogen."
„Was?" Ich mochte nicht glauben, was Jelzin mir da erzählte.
„Es kam für mich nicht ganz so überraschend." Auguste holte eine in Maispapier gewickelte Zigarette hervor und steckte sie nach einem Blick auf meine missbilligend gerunzelte Stirn wieder zurück.
„Trotzdem hat es mich sehr geärgert", fügte er hinzu.
„Was wollen wir jetzt tun?", fragte ich.
„Hast du Rabenackers restliche Unterlagen bekommen?"
Ich nickte und reichte ihm den Umschlag. Er öffnete ihn und begutachtete das Material. Hin und wieder stieß er zwischen den zusammengebissenen Zähnen einen leisen Pfiff aus.
„Und?", fragte ich ungeduldig. „Wärst du vielleicht so freundlich, mich an deinem Wissen teilhaben zu lassen?"
Jelzin riss überrascht die Augen auf. „Hast du dir etwa die Unterlagen noch nicht angesehen?"
„Nein", gestand ich kleinlaut und spürte, wie mir das Blut zu Kopf stieg. Ein schöner Detektiv bist du, schalt ich mich in

Gedanken. Was, wenn Anne mir nur wertlose Papierschnipsel mitgegeben hätte? Jelzins Reaktion auf das Material ließ jedoch darauf schließen, dass dem nicht so war.

„Reicht es, um Debessin vor Gericht zu bringen?", fragte ich schließlich.

Auguste lehnte sich zurück wobei er tief durchatmete.

„Und ob es reicht, Tim." Er stopfte die Papiere zurück in das Kuvert. „Jede Menge Schriftstücke, von ihm eigenhändig unterschrieben. Dazu Fotokopien persönlicher Aufzeichnungen, unter anderem ein Vermerk, Sugar auf einen gewissen Mahler anzusetzen. Werde mal in den Akten nachsehen, ob ich herausfinden kann, was es mit dieser Person auf sich hat. Wie gesagt, handelt es sich bei diesem Vermerk nur um eine Kopie. Aber wenn Rabenacker dazu bereit ist, vor Gericht auszusagen ... "

„Das wird er bestimmt", warf ich ein.

„kriegen wir Debessin nicht nur wegen Waffenschmuggels, sondern auch wegen Anstiftung zum Mord dran."

„Schön und gut", sagte ich. „Aber was ist mit Sugar?"

Jelzin klopfte auf seine Jackentasche, in der sich die Zigaretten befanden.

„Was hältst du davon, wenn wir das zusammen mit Stefan Rabenacker bei unseren Freunden, den Watzl-Brüdern, besprechen. Auf dem Weg dorthin können wir einen kleinen Umweg machen und bei Maschine vorbeischauen. Ich möchte sehen, wie es ihm geht."

„Wie soll es ihm schon gehen", brummte ich. „Er wird sich mit Drogen vollgepumpt haben und apathisch im Bett herumliegen."

Le Meur runzelte missbilligend die Stirn, aber das war mir egal. Er konnte ja nicht ahnen, was ich jedesmal, wenn ich Maschine ins Gesicht sah, an Gewissensqualen durchmachte. Natürlich war es besonders schlimm, wenn dieser früher so lebensfrohe Mensch sich im Zustand tiefster Depression befand.

Wie üblich den Berufsverkehr ignorierend, bretterte Le Meur in seinem roten Alfa Romeo zuerst den Kaiser-Friedrich-Ring entlang, um anschließend die Biebricher Allee in rekordverdächtigem Tempo hinter sich zu lassen. Zum Abschluss der haarsträubenden Fahrt quetschte Jelzin den Wagen in eine Parklücke direkt vor dem Haus, in dem sich Maschines Wohnung befand. Dort bearbeitete er eine volle Minute lang den Klingelknopf an der Haustür des Cyborgs. Die einzige Reaktion auf Le Meurs Klingeln war ein dumpfer Schlag gegen die Innenseite der Tür, dem ein Klirren von zerschellendem Glas folgte. Auguste war's zufrieden. Offensichtlich war Maschine bereits wieder in der Lage, seiner Wut Ausdruck zu verleihen. Wo aber Wut war, wusste Jelzin, da war noch Leben. Mit sich und der Welt zufrieden stapfte der Franzose breit grinsend mit mir im Schlepptau zum Wagen zurück. Nur wenige halsbrecherische Autominuten später betraten wir das Lokal der Watzls.

Wir gaben unsere Bestellungen auf und saßen bald darauf vor unseren Mahlzeiten, Le Meur vor einem gigantischen Fleischspieß, hinter dem sich ein Berg aus Bratkartoffeln auftürmte, ich vor einer Schüssel mit gemischtem Salat und einem Körbchen, das mit ein paar Scheiben Kräuterbaguette gefüllt war. Zu meiner freudigen Überraschung machte der Salat auf mich nicht den Eindruck, in aller Eile lieblos zusammengewürfelt worden zu sein. Im Gegenteil. Er enthielt sogar einige angebratene und delikat gewürzte Tofuwürfel. Winnie Watzl strahlte über das ganze Gesicht, als ich meinem Entzücken durch einige Komplimente Ausdruck verlieh.

„Die Zufriedenheit unserer Gäste ist unser ganzes Glück", bemerkte er dienstbeflissen.

„Glaub ich dir aufs Wort", sagte ich. „Wo steckt euer Küchenknecht?"

„Hat sich freiwillig zum Kartoffelschälen gemeldet", antwortete Bodo, der hinzugetreten war. „Ich frage mich langsam, ob gute Laune wirklich ansteckend ist, wie immer behauptet wird. Unser Freund Lurch scheint jedenfalls immun dagegen zu sein."

„Er steht unter großem Druck", erklärte ich. „Solange der Killer nicht gefasst ist, wird sich daran auch nichts ändern."

„Das ist genau der Punkt, Tim", meldete sich Auguste zu Wort. „Wir müssen Sugar aus der Reserve locken. Am besten noch heute, beziehungsweise morgen. Ich will die Geschichte endlich hinter mich bringen."

Ich hatte gerade den Mund geöffnet, um mir eine Gabel voll Salat einzuverleiben, hielt aber mitten in der Bewegung inne. Jelzins plötzliche Eile und Entschlossenheit hatten mich kalt erwischt. Dass man ihm die Ermittlung entzogen hatte, ging dem Franzosen wohl noch mehr an die Nieren, als ich geahnt hatte.

„Schön und gut", sagte ich langsam, nachdem ich mich von meiner Überraschung halbwegs erholt hatte. „Aber wie willst du das anstellen?"

„Du meldest dich jetzt gleich noch einmal bei Debessin und teilst ihm mit, dass du weißt wo sich unser Freund, der Lurch, aufhält. Du sagst, dass er dir morgen Abend belastendes Material übergeben wird. Der Geschäftsführer wird daraufhin sicher seinen Killer in Aktion setzen. Wenn Sugar dann hier auftaucht, erwarten wir ihn und lassen die Falle zuschnappen."

„Welche Falle?" Ich sah den Franzosen verständnislos an.

„Habe ich irgendwas verpasst?"

Jelzin schüttelte ungeduldig den Kopf. „Das Material, das Anne dir gegeben hat, wird meinen Vorgesetzten davon überzeugen, dass Debessin Dreck am Stecken hat. Ich werde ihm unsere Situation anhand der neuen Beweise ausführlich darlegen und ihn darum bitten, mir einen SEK-Einsatz zu bewilligen. Wir werden uns diesem Sugar hier im Restaurant praktisch auf dem Silbertablett präsentieren. Rund um das Gebäude und im angrenzenden Viertel postieren wir aber die Leute vom Sondereinsatzkommando, die bereit sind, den

Killer in Empfang zu nehmen, sobald er uns an den Kragen will." Ich starrte Le Meur an, als hätte er den Verstand verloren. Diese Idee erschien mir so hirnrissig, dass sie von mir hätte sein können. Mir fehlten buchstäblich die Worte. Auch Bodo hatte so seine Bedenken, die er jedoch im Gegensatz zu mir in der Lage war, zu äußern. Allerdings kam er nicht weit damit, denn die Tür zum Gastraum wurde geöffnet und zwei Personen traten herein - Sigrid und Klaus Westmann. Beide sahen in unsere Richtung. Ich schickte Sigrid einen warnenden Blick zu und sie verstand. Sie hielt ihren Freund, der sich bereits in Richtung unseres Tisches bewegt hatte, am Arm zurück. Es folgte ein kurzes Getuschel der zwei, dann blieb Westmann stehen, während Sigrid allein zu uns herantrat. „Ich komme mir langsam blöd vor, wenn ich Klaus immer das Gefühl geben muss, fünftes Rad am Wagen zu sein", sagte sie. „Er hat doch nun schon genug bewiesen, dass er unser Vertrauen verdient, meint ihr nicht auch?"

„Lass uns die Diskussion darüber verschieben", erwiderte ich. „Gut möglich, dass sie sich sowieso bald erübrigt hat."

„Was meinst du damit, Tim?"

Ich erzählte ihr in kurzen Sätzen, was Auguste vorgeschlagen hatte. Dabei drehte ich mich immer wieder nach Westmann um, der wie festgenagelt an seinem Platz stehen geblieben war.

„Der Plan könnte funktionieren", sagte Sigrid. „Allerdings nur, wenn es sich bei Sugar tatsächlich nur um eine Person handelt, und du nicht doch mit deiner Theorie recht hast, dass der Killer sich aus Markus Winter und der blonden Frau zusammensetzt."

„Und gesetzt den Fall ich habe recht?", fragte ich sanft. Der Umstand, dass Sigrid meine Theorie nicht sofort als völlig lächerlich abtat, ging mir runter wie Öl.

„Für diesen Fall sollten wir sicherstellen, dass beide in Frage kommende Personen Gelegenheit haben, in die Falle zu tappen."

„Wie wollen Sie das machen?", meldete sich Jelzin zu Wort.

„Wenn Tim zu Debessin und damit auch zu Markus Winter geht, kann ich Tanja Königs Institut aufsuchen. Ich weiß, dass sich die ominöse Frau dort des öfteren herumtreibt. Meine Freundin ist schon ganz genervt von ihr. Die Blonde drückt sich mit Vorliebe in der Nähe des Sekretariats herum, vermutlich um an die Kundenkartei heranzukommen oder Gespräche zu belauschen. Ich könnte dafür sorgen, dass sie etwas Interessantes zu hören bekommt. Zum Beispiel über ein gewisses Treffen, das morgen Abend hier stattfinden soll."

„Denkst du nicht, dass Debessin darüber bestimmt, wann Sugar zum Einsatz kommt?", wandte ich ein.

Sigrid schüttelte den Kopf. „Der oder die Killer haben den Auftrag, Stefan ausfindig zu machen und ihn zu töten. Wie sie das bewerkstelligen, ist ihre Sache. Wenn sie Debessin immer erst um Erlaubnis fragen müssten, bevor sie sich in Bewegung setzen, wären sie viel zu unbeweglich."

„Trotzdem, mir gefällt das nicht." In Ermangelung einer sachlichen Begründung wandte ich mich hilfesuchend an Le Meur. „Was meinst du dazu, Auguste?"

Jelzin ließ sich jedoch nicht von meiner Skepsis anstecken. Er schien es auch noch gut zu finden, dass Sigrid Frau Königs Institut in Begleitung von Klaus Westmann aufsuchen wollte.

„Zu meinem Schutz", wie Sigrid erklärte, wobei sie mir einen triumphierenden Blick zuwarf. Der Plan war nun gegen meine Bedenken erweitert worden. An der Rolle, die ich spielen sollte, hatte diese Erweiterung jedoch nichts verändert, und so fand ich mich aufgrund eben dieses Planes nur wenig später in den Büroräumen von Mulland Electronic Design ein.

„Was wollen Sie denn noch, Strecker?", begrüßte mich Debessin schroff. „Ich habe zu tun, und im Gegensatz zu Ihnen keine Zeit zu verschwenden!"

Ich hatte mir absichtlich nicht die Mühe gemacht, die Bürotür hinter mir zu schließen. Markus Winter saß zwar nicht an seinem Schreibtisch, aber er war im Flur an einem dort aufgestellten Kopierer tätig. Ich wollte ihm Gelegenheit geben, meiner Unterhaltung mit seinem Chef und mutmaßlichem Mordauftraggeber zu folgen.

„Sie irren, wenn Sie glauben, dass ich aus reinem Zeitvertreib zu Ihnen gekommen bin. Übrigens wissen mehrere Personen darüber Bescheid, dass ich Sie aufgesucht habe. Also kommen Sie bitte nicht auf dumme Gedanken, die nur zu einer Erhöhung Ihres Strafmaßes führen würden."

Mit Genugtuung registrierte ich, wie es in Debessins Augen aufblitzte. Nun galt es, schnell nachzulegen, um ihn durch gezielte Provokation dazu zu bringen, sich zu verplappern. Ich wusste bereits, wie ich das anstellen wollte. Gerade rechtzeitig war mir auf dem Weg hierher endlich eingefallen, warum Debessin mir schon früher, wenn auch unbewusst, verdächtig vorgekommen war.

„Sie haben sich verplappert und zwar bereits bei unserer ersten Begegnung."

Debssins Mundwinkel verzogen sich zu einem wölfischen Grinsen.

„Und Sie haben bis jetzt gebraucht, um dahinter zu kommen?", bemerkte er spöttisch.

„Schon bei meinem ersten Besuch bei Ihnen erwähnten Sie meine Bekanntschaft zu einer Fotografin", fuhr ich unbeirrt fort. „Wie konnten Sie davon wissen, wenn nicht von Sugar, dem Killer, der sich an meine Fersen geheftet hatte, weil er von Ihnen beauftragt worden war, Stefan Rabenacker aus dem Weg zu räumen? Der war nämlich hinter Ihre illegalen Waffenexporte in den Nahen Osten gekommen, nicht wahr?"

„Das beweisen Sie mal", sagte Debessin knapp, wobei er mit fahrigen Handbewegungen seine Akten auf dem Schreibtisch sortierte.

„Dazu werde ich schon sehr bald in der Lage sein", erwiderte ich ungerührt.

Debessin gab sich keine Mühe, seinen Spott zu verbergen.

„So, da bin ich aber gespannt. Womit denn?"

„Dank der Mithilfe eines gewissen Herrn Rabenacker, der morgen Abend so freundlich sein wird, mir diesbezüglich einige Unterlagen zu überlassen", erwiderte ich lässig, wobei ich hoffte, nicht zu dick aufgetragen zu haben.

„Wann und wo soll das denn Ihrer Meinung nach passieren?" Das sollte wohl beiläufig und desinteressiert klingen, wirkte aber eine Spur zu beiläufig und alles andere als unbeteiligt.

„Na sicher, das werde ich Ihnen jetzt natürlich sofort auf die Nase binden, Debessin. Sagen Sie mal, für wie blöd halten Sie mich eigentlich?" Ich legte keinen Wert darauf, seine Antwort zu erfahren. Daher drehte ich mich auf dem Absatz um und verließ sein Büro. Als ich auf den Flur trat, fiel mir augenblicklich Markus Winters Abwesenheit auf, den ich immer noch am Kopierer vermutet hatte. Meine Nackenhaare stellten sich hoch, was mir ein kribbelndes Gefühl im Genick verschaffte. Was, wenn es Debessin gar nicht mehr auf einen weiteren Mord ankam, weil die Strafe, die ihn erwartete, seine Lebenszeit sowieso um etliche Jahre überstieg? Ich zwang mich zur Ruhe und sah zu, dass ich die verbleibenden Schritte bis zur Tür schleunigst hinter mich brachte. Nichts geschah. Erleichtert durchquerte ich das Treppenhaus und betrat die Straße. Sie war belebt. Ich war in Sicherheit. Nur wenige Meter entfernt stieg ein Fahrgast aus einem Taxi. Ich lief zu dem Wagen hin und stieg ein.

„Schiersteiner Straße", sagte ich, weil mir zunächst nichts Besseres einfiel. Der Wagen setzte sich in Bewegung, und ich ließ mich mit einem Seufzer der Erleichterung ins Sitzpolster sinken. Ich hatte mein Teil getan. Nun lag es an Sigrid und Le Meur. Ich schaute durchs Rückfenster, konnte aber nichts Verdächtiges entdecken. Und doch wurde ich das Gefühl nicht los, dass mir jemand folgte.

Kapitel 19

Ich ließ mich vor dem Schnellrestaurant der Watzl-Brüder absetzen, bezahlte den Fahrer und betrat das Lokal. Zu meiner freudigen Überraschung erblickte ich Jelzin und Sigrid, die sich angeregt mit Winnie unterhielten. Meine Freude erhielt jedoch sogleich einen Dämpfer, als ich Klaus Westmann entdeckte, der gerade von der Toilette kam.

„Ha-Hallo, wie geht's?", begrüßte er mich. „Ha-Hat alles geklappt?"

Ich wollte ihn gerade kurz angebunden abfertigen, als mir Sigrid zuvor kam.

„Du kannst ruhig offen reden", sagte sie. „Klaus weiß über alles Bescheid."

„Tatsächlich?" Meine Begeisterung hielt sich naturgemäß in Grenzen. Le Meur bemerkte, dass Streit in der Luft lag und hob beschwichtigend die Hand.

„Setz dich erst einmal hin und höre dir an, was sie zu sagen hat, Tim."

Widerwillig nahm ich neben ihm Platz und bestellte bei Winnie ein Mineralwasser und einen Kaffee. Sigrid ließ sich nicht von meiner schlechten Laune anstecken und redete munter drauf los. „Klaus war toll. Wir sind zusammen in das Institut gefahren und während ich mich mit der Chefin in ihrem Büro unterhielt, stand er Schmiere und gab mir ein Zeichen, als die Blondine sich an uns heranschlich. So konnte ich genau im richtigen Moment mit der Information, wo und wann unser angebliches Treffen mit Stefan stattfinden soll, herausrücken."

„Was heißt angeblich?", brummte ich. „Natürlich wird Rabenacker hier sein. Er ist schließlich unser Lockvogel."

Der Einwand war kleinlich und die Tatsache, dass ich mir dessen bewusst war, ärgerte mich umso mehr. Der Umstand, dass Sigrid Westmanns Leistung, aus einem Versteck heraus im richtigen Augenblick die Hand zu heben, derart herausstrich, trug auch nicht gerade zur Besserung meiner Laune bei. Sie war aber noch nicht fertig und setzte ihren Bericht unbeirrt fort.

„Es kommt noch besser. Die Blonde wollte uns genau in dem Moment ansprechen, als wir dabei waren, das Institut zu verlassen. Aber da hättest du Klaus mal erleben sollen! Er hat sich vor mich gestellt und diesem Weibsbild ganz deutlich zu verstehen gegeben, dass wir weder Zeit noch Lust hätten, uns mit ihr zu unterhalten. Dann hat er mich in den Arm genommen und ist mit mir schnurstracks zum Auto gegangen. Die Blonde hat einen Moment lang richtig verdattert dagestanden und ist dann in ihren Wagen gestiegen. Aber Klaus hat derart auf die Tube gedrückt, dass sie keine Chance hatte, uns einzuholen."

„Hat er das?", sagte ich leise und wandte meinen Blick von ihr ab. In mir kämpften widersprüchliche Gefühle. Einerseits freute ich mich natürlich, dass alles gut gegangen und Sigrid nichts passiert war. Andererseits wusste ich sehr wohl, dass Westmann sich mit seiner heldenhaften Aktion endgültig in unser Team eingebracht hatte, was mir nun überhaupt nicht passte. Zugegeben, ich war neidisch auf Westmann, den ich bisher nicht gerade für voll genommen hatte. Immerhin war er jedoch in der Lage gewesen, der Blondine erfolgreich Paroli zu bieten, was mir leider nicht in dem gleichen Maß gelungen war. Darüber konnte ich mich zwar schwarz ärgern, aber ändern würde es nichts. Unterm Strich stand fest, dass Klaus nun zu uns gehörte. Das musste ich wohl oder übel akzeptieren.

Der nächste Tag war angefüllt mit Vorbereitungen für den kommenden Abend. Jelzin hatte es tatsächlich geschafft, seinen Vorgesetzten zu überzeugen und einen SEK-Einsatz bewilligt zu bekommen. Der Einsatzleiter der Rambos hieß Hannes Brandner. Er war fast so groß wie Le Meur, hatte einen durchtrainierten Körper und trug das dunkelbraune Haar, in dem sich erste Spuren von Grau zeigten, streng nach rechts gescheitelt. Der Mann wirkte auf mich wie ein fanatischer Militarist und war mir entsprechend unsympathisch. Das beruhte durchaus auf Gegenseitigkeit. Brandner ignorierte mich geflissentlich und redete nur mit Le Meur, den er als einzigen aus unserer Gruppe zu respektieren schien. Ich schnappte Worte wie Zugriff, Operation und neutralisieren auf, und diese sprachliche Verharmlosung eines Einsatzes, an dessen Ende aller Wahrscheinlichkeit nach der Tod eines Menschen stehen würde, widerte mich an. Auch wenn der Mensch, der 'neutralisiert' werden sollte, ein Killer war, der selbst mindestens vier Leben auf dem Gewissen hatte. Später sollte ich mich fragen, ob Brandner, wenn er es denn mitbekommen hätte, sich gefreut oder wenigstens Genugtuung darüber verspürt haben würde mitanzuhören, wie ich nicht lange nach dieser Einsatzbesprechung selbst vehement Sugars Tod forderte.

Wir hatten uns auf zwei verschiedene Tische verteilt. Sigrid, Westmann und ich saßen zusammen an einem Tisch, während Auguste etwas abseits von uns für sich allein saß. Le Meur hatte auf dieser Sitzordnung bestanden. Zu unserem Schutz, wie ich vermutete. Die beiden Jungverliebten hatten riesige Sporttaschen mitgebracht, weil Klaus Sigrid später noch zu einer nächtlichen Schwimm- und Sauna-Party in einem Frankfurter Hallenbad eingeladen hatte. War vielleicht gar kein so dummer Gedanke, sich nach der heutigen Aktion das Adrenalin mithilfe von entspannenden Schwimmbewegungen und Saunagängen aus dem Körper zu schaffen. Von seinem Platz aus hatte Jelzin sowohl den Raum als auch die Eingangstür gut im Blick. Brandner hatte seine Leute in der Gegend rund um das Restaurant postiert. Obwohl wir von ihrer Anwesenheit wussten, blieben sie für uns unsichtbar. Wir konnten nur hoffen, dass auch Sugar nichts von ihnen mitbekam. Das SEK würde tätig werden, sobald jemand versuchen sollte, in das Restaurant einzudringen. Die Vorhänge waren zugezogen und etwaige Besucher wurden durch ein an der Eingangstür angebrachtes Schild darauf hingewiesen, dass die Gaststätte heute Abend wegen einer privaten Feier geschlossen war. Es gab ohnehin nur wenige Punkte, von denen aus man den Speiseraum mit einem Zielfernrohr ins Visier hätte nehmen können, und diese Punkte wurden von Brandners Männern überwacht. Immer wieder kam es vor, dass einer von uns plötzlich sein Besteck sinken ließ und angestrengt lauschte, so, als wären irgendwo draußen Schüsse gefallen. Aber nichts dergleichen war geschehen. Es gab keine Entwarnung.

Rabenacker erschien, um den Nachtisch zu servieren. Das war so abgesprochen, um Sugar, wenn er uns beobachten sollte, aus der Reserve zu locken. Der Lurch war entsprechend nervös und zitterte beim Austeilen der Roten Grütze derart, dass er ordentlich kleckerte.

Endlich hatten wir unsere Mahlzeit ohne Zwischenfall beendet. Bodo und Winnie Watzel deckten die anderen Tische neu ein, und der Lurch brachte uns eine Runde Espresso. Bevor Rabenacker unsere Klamotten wieder in Mitleidenschaft ziehen konnte, nahm ich ihm das Tablett ab und schickte ihn zurück in die Küche. Er ließ sich nicht lange bitten und ergriff die Gelegenheit, um sich schnellstens im wahrsten Sinne des Wortes aus der Schusslinie zu bringen. Sigrid nippte an ihrer Tasse, verzog die Mundwinkel und stippte Klaus, der offensichtlich mit seinen Gedanken woanders war und nicht mitbekam, wie sie seinen Blick suchte, in die Seite.

„Reich mir doch bitte mal den Zucker."

Etwas an diesem Satz übte eine magische Wirkung auf uns alle aus. Für einen Moment schien es, als würde die Zeit und mit ihr die ganze Welt um uns herum still stehen. Jeder hielt augenblicklich in der Bewegung inne und starrte sein Gegenüber an. Westmann starrte auf Rabenacker, der mitten im Schritt verharrte, der Lurch glotzte auf Bodo Watzl und der wiederum auf seinen Bruder. Winnie hingegen sah auf Jelzin, der äußerlich scheinbar unbeteiligt auf seinem Platz sitzen blieb aber seinerseits uns alle anstarrte. Sigrids Augen huschten unsicher zwischen Rabenacker, Westmann und mir hin und her, dann rückte sie eilig von Westmann ab. Le Meur war nun völlig von der veränderten Stimmung dieser eigenartigen Atmosphäre ergriffen. Er schaute auf mich und schien zu begreifen, dass hier etwas begann, gewaltig schief zu laufen. Mein Blick aber bohrte sich nun in mein Gegenüber Westmann, dessen linkes Augenlid kurz hintereinander dreimal heftig zuckte. In meinem Gehirn spielte sich binnen Sekundenbruchteilen eine Assoziationskette ab, deren Richtigkeit mir zwingend bewusst wurde: - z-u-c-k-t-e, Z-u-c-k-e-r, S - U - G - A - R. Kein Zweifel, das war es. Wer hatte bereits vor mir in Frau Königs Institut nach Rabenacker gesucht? Die Antwort lautete: Klaus Westmann. Wer konnte sich jedesmal, wenn sie keine Zeit für ihn hatte, mühelos ausrechnen, dass Sigrid und ich im Fall Lurch aktiv waren? Antwort: Sigrids Partner Klaus Westmann. Der vierfache Mörder mit dem Decknamen Sugar, dessen wahre Identität mir vor wenigen Sekunden noch unbekannt gewesen war, saß hier mit mir an einem Tisch und konnte von meinem Gesicht ablesen, dass er in diesem Moment enttarnt worden war. Westmanns Hand fuhr in die Innenseite seines Jacketts und von da an ging alles blitzschnell.

„Erschieß ihn, Jelzin!", brüllte ich und ließ mich nach vorn auf Westmann fallen, um ihn mit beiden Armen zu umklammern und so am Ziehen seiner Waffe zu hindern.

„Es ist Sugar! Los Jelzin, töte ihn!"

Der bisher so unbedarft und schwächlich wirkende Klaus Westmann mutierte augenblicklich zur Kampfmaschine. Mit einer Mühelosigkeit, die man ihm aufgrund seiner schmalbrüstigen Erscheinung nicht zugetraut hätte, stieß er mich von sich und verpasste mir einen derart schmerzhaften Tritt vor die Brust, dass ich stöhnend zusammensackte. Benommen verfolgte ich, wie Auguste und Sugar ihre Waffen zogen und abfeuerten. Ich hörte den Knall von Le Meurs Sig Sauer und den dumpfen satten Klang von Westmanns Pistole. Panik brach aus. Jeder versuchte sich in Sicherheit zu bringen. Links und rechts von mir flogen menschliche Körper durch die Luft. So manche Artistennummer würde es schwer haben, da mitzuhalten. Glas splitterte und Scherben prasselten zu Boden. Dann schrie jemand auf und Bodo brüllte wie von Sinnen den Namen seines Bruders Winnie. Noch einmal peitschte ein Schuss durch die Luft, dann war es vorbei.

Es dauerte einige Augenblicke, bis ich meine Benommenheit abschütteln und mir einen Überblick über die Situation verschaffen konnte. Le Meur hatte sich über mich gebeugt und an der Schulter gepackt.

„Bist du in Ordnung, Tim?"

„Ja ... ja, was ist mit dem Killer?"

Jelzin half mir, aufzustehen. Dann kniete er neben Westmann nieder und beugte sich über ihn. In dieser Stellung verharrte er einige Sekunden. Als der Franzose anschließend wieder zu mir hersah, schüttelte er den Kopf. „Tot."

Le Meur nahm Westmanns Sporttasche und entnahm ihr eine SEK-Uniform sowie einen Helm. Für Badesachen und Saunahandtücher war in der Tasche kein Platz mehr gewesen. „Nachdem er uns umgebracht hatte, wollte Sugar sich damit verkleiden und aus dem Staub machen", sagte Le Meur. „Ein tollkühner Plan und ganz schön verrückt."

Neben Westmanns Leiche kauerte Sigrid. Sie war völlig blass und presste die Lippen zusammen. Ich ging zu ihr hin und nahm sie in die Arme. Irgendwo hinter mir hörte ich immer noch Bodos Wimmern. Ich drehte mich um und sah ihn mit geschlossenen Augen auf dem Boden sitzen, Winnies Kopf auf seinem Schoß gebettet und mit dem Oberkörper vor- und zurück schaukelnd. „Winnie, nein, nein! Komm, wach auf Winnie, wach doch bitte auf!"

„Oh, mein Gott", flüsterte Rabenacker, der aus seiner Deckung aufgetaucht war. „Das sieht ja furchtbar aus. Von Winnies Gesicht ist ja nichts mehr zu erkennen. Alles nur noch eine rote Masse. Was für eine Munition hat dieser Dreckskerl denn verwendet?"

„Dumdumgeschosse", antwortete ich mit belegter Stimme. „Genau wie bei dem Ehepaar Basche und den anderen zwei."

„Winnie, nein! Winnie neihaheiheihein! Bitte Winnie, wach auf. Ich will auch nie mehr meckern, wenn du vom Curryketchup naschst, bitte Winnie, wach doch wieder auf!"

„Mmmmh, Curryketchup, lecker!" Unter der roten Masse auf Winnies Gesicht tauchte eine Zungenspitze auf und strich die Oberlippe entlang. Bald reichte der Radius der Zunge nicht mehr aus und Winnie nahm die Finger zu Hilfe.

„Sag mal, hast du das eben ernst gemeint, mit dem Meckern?"

Bodo hatte die Augen weit aufgerissen und starrte fassungslos auf Winnie herab.

„Curryketchup", wiederholte Winnie und strahlte seinen Bruder an.

„Ein Querschläger muss die Flasche getroffen haben und das Zeug ist genau über meinen Kopf gelaufen."

„Ich ... was ... na warte!" Bodos Gesicht war jetzt mindestens genauso rot wie das seines Zwillingsbruders. Der hatte die bedrohliche Veränderung durchaus mitbekommen und versuchte nun schleunigst, sich in Sicherheit zu bringen. In das befreiende Lachen von Auguste, dem Lurch und mir, mischten sich alsbald die Geräusche von zu Bruch gehendem Geschirr und lautstarken Wut- und Hilfeschreien.

172

Epilog

Einige Tage später saß ich mit Sigrid und Le Meur erneut im Schnellrestaurant der Watzl-Brüder. Die beiden waren wieder ein Herz und eine Seele. Bodo hatte seinem Bruder dessen üblen Scherz großmütig verziehen. Mit von der Partie war auch Astrid Schenk, jene geheimnisvolle Blondine, die ich einige Zeit verdächtigt hatte, der Killer zu sein, der dem Lurch und mir auf den Fersen gewesen war. Der Grund, warum sie ständig meinen Weg gekreuzt hatte, war schlicht und ergreifend berufsbedingt gewesen. Sie war Journalistin und hatte mitbekommen, wie Rabenacker versucht hatte Kontakt mit der Zeitungsredaktion, für die sie arbeitete, aufzunehmen. Im Gegensatz zu ihren Kollegen hatte sie an Rabenackers Geschichte geglaubt und natürlich sofort die große Story gewittert. Nach der missglückten ersten Kontaktaufnahme des Lurchs mit einem Vertreter des Blattes, die durch Sugars Attentatsversuch auf Rabenacker vereitelt worden war, hatte Astrid Schenk begonnen, auf eigene Faust zu recherchieren. Dabei war sie mir und auch Sigrid natürlich des öfteren über den Weg gelaufen, was zu den unerfreulichen Begegnungen zwischen uns geführt hatte. Allerdings war es ihr nicht gelungen, Rabenackers Tarnung als Tierdarsteller aufzudecken. Der Grund ihrer Anwesenheit im Wartburg-Theater war schlicht und ergreifend in der Tatsache begründet, dass sie in Vertretung einer erkrankten Kollegin vom Feuilleton einen Artikel über die Aufführung hatte schreiben müssen. Es dauerte auch diesmal nicht lange, bis Frau Schenk und ich wieder aneinandergerieten. Sie konnte es sich nicht verkneifen, mir Vorwürfe zu machen.

„Wenn Sie kooperativ gewesen wären", sagte sie, „hätte der Fall viel schneller aufgeklärt werden können. Aber Sie mussten ja unbedingt den Helden spielen und auf eigene Faust ermitteln!" Bei so viel Unverfrorenheit blieb mir zunächst wieder einmal die Spucke weg, aber diesmal wollte ich mich nicht so leicht geschlagen geben.

„Warum haben Sie sich nicht einfach ausgewiesen und als Journalistin zu erkennen gegeben?", fragte ich. „Das hätte eine Zusammenarbeit ungemein erleichtert."

„Ich habe schließlich verdeckt recherchiert. Da konnte ich Ihnen ja wohl kaum auf die Nase binden, dass ich von der Presse bin. Aber so viel Verständnis kann man wohl nur von einem Profi erwarten", versetzte sie von oben herab.

„Es gibt Essen!", rief jemand und Astrid Schenk und ich suchten die vom Platz des anderen jeweils entfernteste Ecke des Tisches auf. Die Watzls fuhren mächtig auf und servierten alle möglichen Gerichte. Alle Anwesenden außer mir griffen eifrig zu. Ich beäugte misstrauisch den Teller mit Fritten, den Bodo Watzl vor mich hinstellte. Zwar war mir der köstliche Salat mit dem Kräuterbaguette, den ich hier vor kurzem genossen hatte, noch in bester Erinnerung geblieben, aber da ich diesmal keine Einzelbestellung aufgegeben hatte, schloss ich die Möglichkeit, dass die Watzls meine fleischlose Ernährungsweise vergessen hatten, nicht aus.

„Sind die Pommes auch nicht mit Rinderfett gebacken?", fragte ich vorsichtig.

„Keine Angst", beruhigte mich Bodo. „Wir verwenden nur rein pflanzliche Öle." „Geht alles auf Kosten des Hauses", verkündete Winnie strahlend.

„Aus Freude über den glücklich abgeschlossenen Fall und zu Ehren unseres neuen Mitarbeiters."

„Wer soll das sein?", fragte ich.

Bodo grinste breit und deutete auf Rabenacker.

„Ist nicht wahr, oder?"

„Was soll ich machen?" Der Lurch rang in gespielter Verzweiflung die Hände. „Die beiden machen mich wahnsinnig, aber sie sind mein Schicksal."

Ich hatte gar nicht bemerkt, dass Le Meur neben mir Platz genommen hatte. Ich nutzte die willkommene Gelegenheit, ihn über einige Dinge zu befragen, die mir in Bezug auf Sugar noch nicht klar waren.

„Warum war er plötzlich fast völlig von der Bildfläche verschwunden? Ich meine, erst bringt er binnen kürzester Zeit vier Menschen um und dann schmoren seine Aktivitäten auf Sparflamme. Es wäre ihm doch ein Leichtes gewesen, auch Sigrid und mich umzubringen."

„Er geriet unter Druck", sagte Jelzin, während er genüsslich ein halbes Hähnchen zerteilte. Ich suchte mir schnell einen anderen optischen Fixpunkt.

„Sugar wusste, dass er sich nicht einfach durch das ganze Rhein-Main-Gebiet würde morden können, um an Rabenacker heranzukommen. Mit jedem weiterem Opfer, das sich mit den vorangegangenen in Verbindung bringen ließ, wurde der Fahndungsdruck größer. Er war Profi genug, um das einzusehen. Also musste er wohl oder übel seine Taktik ändern. Außerdem durfte er immer noch hoffen, dass ihn jemand von euch zu Rabenacker führen würde."

„Da kam ihm Sigrid gerade recht", bemerkte ich.

Auguste nickte zustimmend. „Du sagst es. Eure Begegnung vor Frau Königs Institut muss diesem Killer als wahrer Glücksfall erschienen sein. Aber du brauchst deswegen kein schlechtes Gewissen zu haben", fügte Jelzin schnell hinzu. „Sugar war von Anfang an hinter Sigrid Beck her. Einen anderen Ansatzpunkt hatte er ja auch nicht. Sie war die einzige Person, zu der Stefan Rabenacker Kontakt unterhalten hatte, bevor er ganz untertauchte. Als der Gesuchte ahnte, dass Sugar ihn observierte und Frau Beck möglicherweise in Gefahr war, verschwand er von der Bildfläche, um sie zu schützen."

„Also war ich es doch, der sie wieder in Gefahr gebracht hat", warf ich ein. Auguste schüttelte den Kopf und lächelte. Dann griff er nach einem Hühnerschlegel.

„Im Gegenteil", widersprach er und deutete mit dem Schlegel in meine Richtung, worauf ich mich unwillkürlich in meinem Stuhl zurücklehnte.

„Dein Einfall, Frau Beck in Urlaub zu schicken, war eine ausgesprochen gute Idee. Damit hast du dem Killer die einzige Alternative genommen, die ihm nach seiner Mordserie, die er aus den erwähnten Gründen nicht mehr fortsetzen konnte, noch geblieben war. Nachdem du kurzfristig in ihre Wohnung gezogen bist, hatte er deine Spur vorerst verloren. Zwar kam er schon bald auf den Gedanken, die Wohnung deiner Freundin zu observieren, aber dann sah er mich dort und hielt es glücklicherweise für klüger, dich fortan in Ruhe zu lassen."

Ich erinnerte mich daran, wie ich mich nach meiner ersten Nacht in Sigrids Wohnung nicht getraut hatte, die Tür aufzumachen, als es geläutet hatte. Stattdessen hatte ich aus dem Türspion geschaut und nur noch das Hosenbein gesehen, das, wie ich bald darauf erfahren hatte, zu Le Meur gehörte. Ich blickte den Franzosen mit großen Augen an. Der Gute hatte mich also schon damals vor Sugar gerettet, wenn auch unbewusst.

„Dass Sugar Frau Beck und dir später buchstäblich vor die Füße gelaufen ist, war reiner Zufall. Dafür kannst du nun wirklich nichts." Auguste betrachtete den Hühnerschlegel in seiner Hand, als sähe er ihn zum ersten Mal. Nach kurzem Zögern biss er herzhaft hinein. Bodo Watzl stellte gerade eine Schüssel mit gemischtem Salat vor mich hin. Ich dankte ihm und griff eifrig zu. Nachdem wir uns einige Minuten schweigend mit unserer Nahrungsaufnahme beschäftigt hatten, nahm ich den Gesprächsfaden wieder auf.

„Was mich bei der ganzen Sache richtig wütend macht, ist, dass man Debessin nicht die Morde an den Basches und den Wiesbadener Politaktivisten nachweisen kann", sagte ich.

„Hast du wenigstens etwas über diesen Mahler herausfinden können, der in den Aufzeichnungen, die Rabenackers Freundin uns gegeben hat, erwähnt wird?"

Jelzin verneinte. „Vermutlich handelt es sich um einen Decknamen. Ich kann nur hoffen, dass meine Kollegen mit ihren Ermittlungen noch Erfolg haben werden."

„Es ist eben wie im richtigen Leben", meldete sich der Lurch, der uns bisher schweigend zugehört hatte, zu Wort und zog eine Grimasse. „Die Drahtzieher bleiben im Hintergrund und müssen nie für das geradestehen, was sie angerichtet haben."

„Diesmal nicht", widersprach Le Meur und grinste zufrieden. Er genoss sichtlich die Überraschung, die seine Äußerung bei uns hervorrief.

„Sugar hat kurz vor seinem Tod ausgepackt und Debessin belastet. Diesmal werden dem Geschäftsführer von Mulland Electronic Design seine Beziehungen nicht mehr helfen. Eine Anklage wegen Anstiftung zum Mord ist ihm außer dem Vorwurf des illegalen Waffenhandels sicher. Und so wie es aussieht, wird Debessin auch hier mit einer entsprechenden Verurteilung rechnen müssen."

„Wird deine Aussage allein reichen?", fragte ich skeptisch.

„Na hör mal, ich bin schließlich Polizist!"

„Ich habe es auch gehört", sagte Sigrid. „Ich kann bezeugen, was Klaus über Debessin gesagt hat."

Sigrid tat mir leid. Wie sie so dasaß, wirkte sie in der fröhlichen Runde ganz verloren.

„Ich habe uns alle in Lebensgefahr gebracht", sagte sie. Ich legte den Finger an die Lippen und bedeutete ihr damit zu schweigen. „Wir alle haben uns in Westmann getäuscht", sagte ich und wusste zugleich, dass ihr das nicht helfen würde. Mit Schuldgefühlen kannte ich mich schließlich aus.

Ich vergewisserte mich, dass uns niemand zuhörte und flüsterte: „Es muss furchtbar für dich sein, zu wissen, dass Westmann dich nur benutzt hat."

Sie verzog das Gesicht. Einen Moment lang fürchtete ich, sie würde gleich losheulen, aber sie hatte sich schnell wieder unter Kontrolle.

„Natürlich ist es schlimm. Stell dir vor, ich habe ihn wirklich gern gehabt – zumindest bis du dem Zeitpunkt, wo ..." Sie brach ab und suchte nach den richtigen Worten, „ ... aber, was noch viel schlimmer ist, ich habe ihm wirklich vertraut, diesem Mistkerl. Vollkommen vertraut."

Ich hasste mich selbst für meine Neugier, aber der Gedanke ließ mir keine Ruhe. Ich musste die Frage einfach stellen.

„Habt ihr eigentlich zusammen, naja, du weißt schon ... "

Diesmal vergoss Sigrid tatsächlich einige Tränen. Sie griff nach einem Taschentuch und putzte sich kräftig die Nase.

„Ach was", sagte sie und schnäuzte erneut. „Westmann hatte nicht einmal einen Hauch von Interesse an mir. Und ich dumme Kuh habe mir die ganze Zeit was vorgemacht!"

„Er wird dich schon attraktiv gefunden haben", versuchte ich, sie zu trösten. Ein Versuch, der gründlich in die Hose ging.

„Von wegen, Kerinski war schwul."

„Wer?"

„Ivan Kerinski, Westmanns richtiger Name. Seine Eltern kamen aus Russland und waren Angehörige des Botschaftspersonals. Sie haben in der DDR gelebt und dort ihren Sohn Ivan, alias Klaus geboren. Den Namen hat er sich später im Westen zugelegt. Le Meur hat das in irgendwelchen Akten nachgelesen."

„Und da stand auch dass ... "

„Ja, der Vermerk war eindeutig. Auguste hat ihn mir selbst gezeigt. Aber was soll's."

Aus dem Augenwinkel bekam ich mit, wie der Lurch ein Glückslos in kleine Schnipsel zerriss. Ich vermutete, dass damit sein ominöses Millionending, das er noch am Laufen gehabt hatte, geplatzt war.

Sigrid griff nach ihrem Glas und prostete mir zu.

„Sag, mal. Ist er eigentlich verheiratet, dein gut aussehender französischer Freund?", fragte sie, wobei sie kurz mit den Augenbrauen zuckte und eine Träne wegblinzelte ...

Astrid Schenk und ich verabschiedeten uns mit übertrieben höflich klingenden Worten. Dann gaben wir einander die Hand, ohne uns dabei anzusehen.

Dies war sicher nicht der Beginn einer wunderbaren Freundschaft.

ENDE

Danksagung

danken möchte ich zunächst einmal allen Leserinnen und Lesern. Der Autor Jürgen Edelmayer wäre ohne sie nicht denkbar. Auch Marlena und Alex, die mich an ihrem Wissen über Textverarbeitung teilhaben ließen, möchte ich auf diesem Wege danken. Besonderer Dank gebührt darüber hinaus Martina und Anne-Rose für die Durchsicht und Korrektur meines Manuskripts. Wirklich lieb von euch, dass ihr mir dafür eure Zeit geopfert habt. Sollte das Buch noch Fehler enthalten, gehen die zu meinen Lasten.

Über den Autor

Jürgen Edelmayer (*1958) ist gelernter Buchhändler. In diesem Beruf hat er insgesamt rund dreißig Jahre gearbeitet. Zu seiner Vita gehören darüber hinaus die Erlangung der Allgemeinen Hochschulreife auf dem Zweiten Bildungsweg, ein abgebrochenes Studium der Amerikanistik sowie mehrere Aushilfsjobs. Unter anderem war er einige Monate als Postzusteller tätig. Seit 2013 arbeitet Jürgen Edelmayer als freier Schriftsteller.

Webseite: www.juergenedelmayer.de
Blog: http://autoreninfo.over-blog.de/